SCULPTURA

CARMEN.

SCULPTURA

CARMEN·

Autore LUDOVICO DOISSIN, S. J.

PARISIIS,

Apud P. Æ. LE MERCIER, Typographum
ac Bibliopolam, via san-Jacobæa,
sub signo Libri aurei.

M. DCC. LVII.

Cum Approbatione, & Permissu Regis.

PRÉFACE.

L'ACCUEIL favorable que le Public fit au Poëme de la Sculpture, lorſqu'il parût en 1754, inſpira au Pere DOISSIN le deſir de perfectionner ſon Ouvrage. Il entreprit donc de traiter ſon Sujet dans toute ſon étendue, & d'ajouter deux Chants à ſon Poëme, afin de pouvoir entrer dans des détails qu'il avoit été obligé d'omettre. Il s'appliqua ſurtout à raſſembler tous les Préceptes de l'Art & les Regles de Goût qu'il preſcrit. Le Poëte en a donné une juſte idée en les réuniſſant ſous différens Chefs, & en les exprimant avec netteté & avec préciſion. Il a joint à ces Préceptes & à ces Regles un grand nombre d'exemples, qui

fervent à les rendre plus fenfibles, &
qui en diminuent la féchereffe, en y
mêlant les graces & les richeffes de la
Poëfie.

Cette Méthode, malgré l'uniformité
& la monotonie qui en paroiffent in-
féparables, eft, fans contredit, la
meilleure que l'on puiffe fuivre dans
ces fortes d'ouvrages : & fi les Auteurs
des Poëmes Didactiques l'ont fouvent
négligé, c'eft moins à caufe de fes dé-
fauts, que pour en éviter les difficul-
tés. Car, il faut en convenir, les Préceptes qui font la partie effentielle de
ces Poëmes, font d'un travail très-pé-
nible & très-rebutant. Peu de gens
ont affez de courage pour y donner
tout le temps & toute l'application
qu'il exige. Les defcriptions & les
images Poëtiques égayent l'imagination & l'amufent fans la fatiguer ; le
Didactique au contraire la gêne, la
captive, & la tient dans une con-
trainte perpétuelle ; la vivacité d'un

Poëte ne s'en accommode pas aifé-
ment. D'ailleurs dans les morceaux
d'imagination on ne fait guéres qu'i-
miter ; on peint des objets déja peints
mille fois : au lieu que pour exprimer
une maxime , ou un précepte , on n'a
point de modele ; il faut imaginer , il
faut créer foi - même fon expreffion.

L'Auteur de la Sculpture , quoi-
qu'il eût beaucoup de feu & de vivacité dans l'efprit , ne craignît point de
fe livrer entiérement à ce travail in-
grat ; & on peut dire qu'il en a été
pleinement dédommagé par le fuccès.
On trouvera dans la SCULPTURE, ce
qu'on a remarqué dans la GRA-
VURE, une expreffion correcte ; un
ftyle pur & coulant ; une élocution
libre , aifée , pleine de feu & de no-
bleffe ; des exemples choifis avec
goût & appliqués avec autant de gra-
ce que de jufteffe. En un mot cet Ouvrage juftifiera les éloges que les
Amateurs de la Poëfie Latine ont

donnés à son Auteur, & les regrets dont le Public l'a honoré après sa mort.

Le P. DOISSIN se préparoit à mettre au jour ce Poëme, lorsqu'il fut attaqué de la Maladie qui nous l'a enlevé. C'étoit une Petite-Vérole fort abondante & d'une espéce très dangereuse. La malignité du mal, jointe à la délicatesse du malade, que le travail avoit épuisé, l'emporta en peu de jours, & anéantit les espérances qu'avoient donnés ses talens & ses premiers succès. Il mourut à Paris au College de Louis le Grand le 21 Septembre 1755, agé de 27 ans.

SCULPTURA

SCULPTURA

CARMEN.

LIBER PRIMUS.

S CULPTURAM canere aggredior,
seu marmora circùm,
Aut lapides versatur agens; seu mar-
moris expers,
Aut Lapidis, vitam infundit sensumque metallo.
Cùm verò duplex operosa effingere signa
Sit modus & ratio; divisim exponere quamque
Proderit, & solidas aut ære aut marmore secto
Effigies tractare priùs; tùm dicere formas
Parte sui tantùm expressas, quæ *prostypa* docti
Dixere artifices, sic se rerum explicet ordo
Liberiùs, neque Lectori fastidia gignat
Indigesta operis moles, mentemve fatiget.
Sculptores etiam eximios operumque labores,

A

Seu quos prifca olim , feu quos nova protulit ætas
Juverit eximio feorfim defcribere verfu ;
Unde fuam referat mercedem & præmia virtus ,
Et tres exurgant partito carmine Libri.

　　Huc ades, ô magni decus ingeniumque parentis
Pallas , & audentem Sculpturæ accedere fontes
Afpectu recrea, atque audacibus annue cœptis
Debita pro tanto folvam tibi munere dona.
Haud equidem cadet ante aras ingloria taurus
Hoftia : fed Lævi ftabis de marmore tota ,
Pallenti teneram frontem præfignis olivâ ,
Et tremulum niveo quaffans haftile lacerto ;
Ingenii ut poffis belli & Regina videri.

　　Vos quoque , Pierides, precor afpirate canenti ,
Et fi veftra meis, cumulavi altaria fæpè
Muneribus , myrthumque ferens , laurumque viren-
　　tem ;
Nunc Helicona Deæ , facrofque recludite fontes ;
Et blandos venâ facili date fundere verfus :
Ut quæ docta fuo Pallas præcepta poëtæ
Tradiderit, dignis celebret dein munere plenus
Ipfe poëta fonis ; & reddat amabile murmur
Veftrâ tenfa manu, noftro Lyra pectine pulfa.

　　Antè laborato quam Sculptor marmore vultus
Exprimere incipias, liquidove animare metallo ;

Fictilis est primùm gypso, cerâ ve tenaci
Effigies condenda tibi ; quam deinde sequaris
Æmulus ipse tui ac imitando vincere certes.
Sic priùs incipiat quam telæ credere formas,
Et mutis animam succis infundere pictor,
Exemplum meditati operis breviore papyro
Describit, magnæ præludia parva tabellæ.

Proxima deinde tibi sit cura accersere marmor,
Aut Lapidem, fabricandi operis, laudisque futuræ
Materiem : referat marmorque, lapisque politam
Planitiem speculi, quæ soli adversa renidet,
Et vitreo objectas mentitur in æquore formas.
Sufficiet lapides Arvernia, nobile marmor
Aut Genua, aut toto celebris paros insula ponto.
At si pauperior ligno uteris, utere ligno,
Quod nona ad minimum revolutis messibus æstas
Viderit avulsum, cæso de corpore matris.
Ni facias, miserè, statuam labentibus annis
Deformet, fœdo excrescens in tubere lignum,
Et frustra impensum tempusque oleumque requiras.
Omnis in hunc usum tibi commoda cesserit arbos,
Et Tilia, & Sorbus, Cedrusque, & rasile Buxum,
Et Pyrus, & Citrum, foliisque Oleaster amaris,
Palmaque, Castaneæque, Ebenusque : & odora Cu-
  pressus,

A ij

Qualem divitibus Cyprus educat infula fylvis.

In varias etiam patiens manfuefcere formas
Ibit ebur , fectumque manu folerte figuras
Induet omnigenas ; niveæ fed copia rara eft
Materiæ, nec dentem omnis fert terra politum.

Dicendum & quæ fint doctis Sculptoribus arma;
Queis fine nec veterem potuit dedifcere formam
Ingratum marmor, nec juffos fumere vultus.
Adfit malleolus , dentefque imitata caninos
Cufpis , & oblongum Scalper finuatus in orbem ,
Radulaque, Scalprumque , & mutæ lamina ferræ,
Ne fortè offendant exerti marmore dentes
Et terebra , & ceftrum , multoque foramine lima ;
Omnia quæ rigido chalybis conflata metallo
Curabis , medioque diu explorata camino ;
In partes ni fortè velis effracta falire
Ut fragilis glacies , & vitrum futile , duri
Corporis occurfu graviore, in frufta refultant
Continuò, clarumque fimul dant rupta fragorem.

Sic autem effinges vivas fufo ære figuras ,
Exemplar primùm argillâ , glebâve tenaci
Fingitur : argillæ tùm crufta inducitur udæ
Cerea , quæ ftrictis amplexibus alliget artus ;
Ut nuda humanum pellis ligat undique corpus.
Ipfa dehinc tegitur medicato ftercore cera ;

Nostra ut multiplici velatur pellis amictu.
Immundum gelido cùm induruit aëre coenum ;
Protinùs admoto tepefacta resolvitur igne ,
Venturoque aditum recludit cera metallo.
Queis ita perfectis , scrobs tandem grandis apertâ
Detegitur tellure , locus , sedesque typorum.
Intereà rigidum vastâ fornace metallum
Excoquitur , crassosque eructat ad æthera fumos.
Dum loquor , impatiens angusta in claustra teneri ,
Qua data porta , ruit ; non sic fracto objice torrens
Præcipitat ; fluit æs rivis , formamque Typorum
Accipit impressam , crescunt humerique manusque ,
Aurea luxuriant graciles per colla capilli ,
Turget inane caput , digitorum nascitur ordo ,
Crura tument , surgit cervix , protuberat alvus ,
Natus homo est. Mediâ spirat redivivus in urbe
Henricus ! spirat rigido Lodoicus in ære ,
Qualis erat densos medius cum nuper in hostes
Iret , & impavido prosterneret agmina vultu.

Naturam imprimis solers imitare Magistram ,
Nimirùm inde tuis splendorque decusque figuris
Venerit , & vulgus Sculptorum ignobile vinces ;
Ingens quantùm alios superat venâ ubere vates
Virgilius , molli seu ludit pastor avenâ
Jurgia Pastorum , aut propiori numine plenus

A iij

Bella horrenda canit, rapidique incendia Martis.
Æquora si fingis, sic finge ut vera putentur
Æquora, marmoreos imitentur marmora fluctus.
Invitet somnum sub opacis frondibus arbos,
Ambiat & talem fessus reperire viator.
Finge rosas nitidis quales nascuntur in hortis,
Quales blanda velit capiti implicuisse puella.
Scilicet hinc veteres laudem meruere decusque
Artifices: hinc dùm in terris Sculptura vigebit,
Dùm vehet amnis aquas, dùm coelum sydera pascet,
Ipsorum in toto nomen celebrabitur orbe.
Ecquid Praxitelis venerem loquar? aspice blando
Quantus in ore decor, teneris quàm viva labellis
Gratia, quàm pulchrè fluitent sine lege capilli,
Junctaque quàm justo sibi consona membra tenore.
Marmoreum quis credat opus, nisi staret eodem
Usque loco? Sic namque oculos, sic ora tulisse
Crediderim Venerem, cum primùm emersa marinis
Fluctibus, attonitos coetus ingressa Deorum est,
Et magni Jovis aula novo splendore refulsit.
Quid referam alterius monumentum insigne laboris
Laocoonta, duo quem immensis orbibus angues
Circumdant, spirisque ligant ingentibus artus.
Cernis, ut ora modis contorqueat horrida miris
Laocoon sanie aspersus foedoque veneno?

Ut diftenta tument inflatis guttura venis?
Horrefco afpectans, gelidos tremor occupat artus,
Et fugio infandâ turbatus imagine mentem;
Ufque adeo miranda opifex artem occulit arte,
Naturæ folers imitator & æmulus audax.

Quare age, feu mavis molles fufo ære figuras
Cudere, feu teneros è marmore ducere vultus;
Marmoribus vitam fenfumque infunde metallo,
Ipfaque naturam naturæ imitatio vincat.
Hinc adeo occultos motus, internaque mentis
Prælia, pinge mihi vultuque oculoque loquaci.
Turbatam oftendat frontem timor, ira minacem,
Dejectam luctus, blandam fpes, alma ferenam.
Lætitia, & marmor, quanquam fine voce, loquatur.
Fœmineum exhibeat Dido decepta furorem,
Alcione luctum, rabiem Medea, dolorem
Andromache, furias Pentheus, Caffandra pavorem.
Hoc olim Sculptor documentum ritè fecutus,
Qui niveam pario de marmore finxit Elifæ
Effigiem, rutiloque caput diademate finxit.
Nam furiis agitatus amor qui corde fub imo
Æftuat, & mentem nunc huc, nunc diftrahit illuc,
Profilit ex oculis, & fefe interprete geftu
Explicat. Hanc oris fpeciem tibi mœfta fuiffe
Crediderim, Dido; cùm fervere claffibus æquor,

Trojanumque ducem pelago dare vela patenti
Cernebas, fluctufque invito Aquilone fecare.
Ipfe dolor fpirat poft ultima fata fuperftes;
Perfidus Æneas manet altâ mente repoftus;
Nec tibi fœmineum mors abftulit atra furorem.

    Non fatis eft hominum divûmque animare figu-
    ras:
Ipfa fub artifici vivant animalia cœlo
Muta licet, torvamque lapi fic fculpe figuram,
Et patulos rictus, dentefque, oculofque voraces;
Ut verus fimulatum hoftem fi viderit agnus,
Præcipiti repetat caulas & ovilia curfu,
Exertos fugiens ungues, porrectaque roftra.
Hinc tantos olim meruit Lyfippus honores,
Diverfa imprimis animalia ponere doctus
Audacem fi finxit Equum, cervicibus altè
Arrectis inhiat, fremit ardens, velle videtur
Currere; fi Pifcem, patrias innare per undas;
Si Taurum, mugire putes; rugire Leonem;
Immanes ululare Lupos, & frendere Tigres:
Ufque adeo mendax oculis imponit imago!
Ecquid opus docti vaccam laudare Myronis *
Ære laboratam! pendent palearia mento,

* La fameufe vache de Myron, fi bien célébrée par les
Epigrammatiftes Grecs & les Poëtes Latins.

Grande caput, patulæ nares, frons afpera, cauda
Mobilis, hirfutum pectus, fpirare putares.
Si videat vitulus mugitu agnofcere lætus
Optatam incipiet matrem : delufus arator
Ad ftabulum impellat ; premat infcius ubera paftor.

Artis erit fummum fic flexile reddere 1 marmor,
Ut quamcunque voles fumat tractabile formam,
Par lanæ, facilive luto, feræve fequaci :
Tractatumque manu doctâ, nunc lubricus anguis,
Nunc fiat maculofa tigris, nunc terga Draconis
Induat horrendi, fulvi nunc ora Leonis
Accipiat, formas patiens manfuefcere in omnes.
Artem nil vincit, nihil & non vincitur arte.
Sint pannis largique finus, amplumque volumen, 2
Ruga decens, mollifque tumor, fine pondere moles,
Quæ fine lege fluat, ftudiofi & negligat artem :
Contrectare manus poffit, levis aura movere,
Et tenuis Zephiri fpirans agitare flabellum.
Candida nativis imitentur lintea rugis,
Virgatas Chlamydes, contorto carbafa lino ;
Atque artus circùm finuofis flexibus errent :
Qualis multiplici fugiens per gramina lapfu,

1 La coupe du marbre.
2 Les Draperies, faire paroître le nud à travers les draperies.

Anguis verrit humum , atque immensa volumina
    torquet;
Aut velut extendens per inanes brachia clathros
Vinea , nexilibus ramis se tollit ad auras ,
Et nudos vestit serpenti palmite muros.

   Sic lapidem quandoque opifex , sic flexile marmor
Incidat leviore manu , scalproque sagaci ;
Ut quamvis statuam circumtegat undique Palla ,
Invida Palla tamen pulchros non occulat artus
Nec niveas sinuosa tegant velamina partes ,
Sed nudum ostendat vestis pellucida corpus;
Haud secùs ac tenui bombycina flamine texta ,
Quæ molli teretes includunt cortice suras ,
Crura tegunt partim , partim dant cernere crura :
Aut veluti ingressum permittit vitrea luci
Lamina , nec prohibet , tectis dum submovet auras ,
Quominùs insertim radios per opaca domorum
Injiciens clausam penetret sol igneus ædem ,
Et blandâ furtim recreet penetralia luce.
Ne tamen illa unquam veniat tam dira cupido
Immortale tibi nomen famamque parandi ;
Ut quæ etiam velare jubet lex sacra pudoris
Et quibus aspectis avertat lumina candor,
Indignata retrò pietas vestigia flectat ,
 Ostendas coram & manifesto lumine prodas.

Empta venit nimio, laus si venit empta pudore.
Frigida, si nescis; accendunt marmora flammas.
Eheu! quot juvenes, quot perdidit una puellas
Effigies sæpè, & lethali vulnere pectus
Confodit, nullâ post hac medicabile curâ;
Accedunt primùm timidi, timidique recedunt;
Mox redeunt facti audaces, & dulce venenum
Exorbent oculis: sic mentem fœda voluptas
Ingreditur, totoque admittunt pectore flammam.
Haud secus ac si quis stipulis admoverit ignem,
Ignis edax paulatim ad proxima quæque volutus,
Mox totum exurat culmis crepitantibus agrum.

Omne feret punctum Sculptor si marmore & ære
Non partes modò conspicuas, manifestaque visu,
Verùm etiam humanos quæcumque exilia sensus
Vix feriunt, oculo nisi sint conspecta sagaci,
Ingenti studio absolvet, summoque labore.
Haud aliter pario incertus de marmore quondam
Finxit Aprum Sculptor, quem spreto numine vindex
Miserat irata Œneos Latona per agros.
Vel fictâ metuendus Aper sub imagine terret,
Prodigiosum animal. Stant lumina sanguine & igni
Suffecta horrendum; solido gravis ungula cornu
Deffendit plantam; collo tumet ardua cervix,
Improba fulmineis armantur dentibus ora,

Impexæque rigent velut alta haftilia fetæ

Hoc vulgare tamen : Sed prodigii inftar habetur,

Quod fic pulchrum opifex fimulachrum effinxit, ut
    ipfas

Admoto interius Scalpro per opaca viarum,

Maxillas, linguam, fauces, tenuefque palati

Reddiderit rugas, & multâ expreflerit arte.

Egregium Pallas cùm cerneret æmula fignum,

Se victam injuflo vultus confefla rubore eft,

Et meritam ars retulit, naturâ judice, palmam.

    Intererit multùm fervus fingatur *an Heros* ;

Decrepitus ne fenex, an adhuc juvenilibus annis

Fervidus ; an longo duratus membra labore

Rufticus, aut affueta colos tractare puella ;

Gallus, an auriferi qui potor & accola Gangis

Vicini rapido torretur folis ab igne.

Patria, conditio, fexus, fpectetur & ætas.

Narciflum fingis ? Narciflo lilia funde

Prodigus, & gratos in corpore fparge lepores.

Effœtum fed pone fenem, cui pallida corpus

Deformet macies ; devexo pondere cervix

Spectet humum, dubioque tremant veftigia greflu ;

Sint hebetes oculorum acies, denfiflima barba ;

Exangues vultus, calvum caput, arida pellis,

Rugaque multiplici frontem cavet, afpera fulco,

Non divina volunt , ut cætera corpora , fingi
Sint magnis magna ossa Deis , proceraque membra ,
Et plusquam humanum humanâ sub imagine corpus.
Sic Solem Sculptor cùm ponere vellet in ære ,
Cuderat ingentem statuam , quæ vertice nubes
Tangeret , & gemini suffulta cacumine montis ,
Prodigiosa inter crurum intervalla , carinas
Exciperet plenis subeuntes ostia velis.
Orbis adoravit tantâ sub imagine numen.

   Nam quid ego memorem vultuque habituque
     figuras
Fœmineo expressas, nota ornamenta domorum ,
Quas pro marmoreis supponunt sæpe columnis
Artifices , onerique jubent præbere ferendo
Obnixum caput , & rectis cervicibus altam
Congeriem lapidum , aut dorso portare ministro.
Caryatides dicunt. Quâ verò ab origine nomen
Venerit , expediam , paucisque , adverte , docebo ;
Non erit injucunda brevis tibi mentio facti.
Tempore quo gravibus premeretur Græcia Persis ,
Et tota arderet bello , gens improba , *Cares* ,
Protinùs exurgunt cum Persis fœdere pacto ;
Et gemini Imperii collatis viribus unà
Indicunt Græcis bellum , cæde omnia miscent ,
Et vacuâ passim regione impunè vagantur :

Græcia quid faceret tam multis undique septa

Hostibus? Hæc potior visa est sententia menti,

Si primùm invadat repetitis cladibus olim

Attritos Persas, & gentem conterat unam.

Tum deinde in Cares converso pondere Belli

Invisam oppugnet gentem terràque marique,

Et meritas fædo repetat pro crimine poenas :

Ut Leo quem juncti Tygrisque Lupusque lacessunt

Errantem forte in Sylvâ, nec tale timentem,

Sit quamvis animo plenus ; nec pluribus impar,

Non geminos hostes adversâ fronte repellit :

Ast ubi se multo stimulavit verbere caudæ

Iratus torvoque dedit grave murmur hiatu,

Protinùs alter utrum invadit Tygremve Lupumve,

Prosternitque solo victor cùm vicerit unum,

Ecce alium impugnat. (Si non tamen ille salutem

Quæsierit prudente fugâ, turbatque, ruitque,

Et pariter fulvâ moribundum extendit arenâ :

Deinde viam lætus repetit, per colla, per armos

Excutiens cervice jubam, setasque comantes.

Haud secùs ignavos primo certamine Persas

Argolici invadunt, & multo milite cæso,

Relliquias cogunt versis dare terga carinis.

Tùm verò in trepidos uno velut impete *Cares*

Convertunt belli signum, de sedibus imis

Avulfas fternunt urbes, fexumque virilem
Dant Letho. Tantùm fervant in vincula matres
Fœmineumque genus ; reliquos difcrimine nullo
Mactant, & fufo paffim loca fanguine complent.
Cujus ut æternam ftarent monumenta triumphi
Et quondam ad feros irent tranfmiffa nepotes
Dedecus & probrum, victæque infamia gentis ;
Captivas lapide expreffas aut marmore fecto,
Cervicem immenfæ lapidum fupponere moli
Juffere & collo pondus geftare domorum :
Magnus ut æthereos Atlas cervicibus axes
Torquet, & enormi nunquam fub mole fatifcit.
Nimirùm inde viget veteri mos ductus ab ævo
Pro folidis miferas fulcris adhibere puellas,
Et rigidos tenero lapides imponere dorfo.
At nondùm fatis attritos clademque paternam
Ulciffi aggreffos multo poft tempore Perfas,
Supplicio pœnâque pari affecere Lacones ;
Nec jam Matronas tantum imbellefque puellas,
Aft ipfos vultu expreffos habituque virili
Criminis autores enormi pondere faxa
Ferre jubent dorfo & teretes fupplere columnas,
Audacis dignam mercedem & præmia facti.
Has porrò effigies victæ de nomine gentis
Perfica dixere artifices fimulacra, manetque

Ultima victurum quondam poſt tempora nomen.
Verùm alios etiam ſtatuæ effinguntur in uſus,
Fœmineo expreſſæ vultu formâque virili :
Nam ſæpe in medio poſitæ cratere fluentes
Ore vomunt fluctus, buccifque tumentibus undam
Ejaculant; volat illa cito per nubila jactu,
Vicinaſque ſuper, frondoſa cacumina Pinus
Aſcenſu erigitur; mox aëre preſſa recumbit
Cum ſonitu, & niveam ſpumanti rore figuram
Aſpergit, cui multiplices de corpore rivi
Hinc atque inde fluunt labro inferiore recepti.
Sæpè feros etiam præſertim in margine labri
Delphinas, turpesve Lupos, rabidosve Leones,
Ornamentum ingens, ſecto de marmore ponunt;
Qui pariter ſursùm emittant de fontibus undam,
Grataque multiplicis varient ſpectacula ſcenæ.
Nimirùm inſeritur per apertum plumbea collum
Fiſtula, certatimque adverſâ fronte jubentur
Prælia conſerere, & collatis eminùs armis
Edere feſtivæ ſimulacra innoxia pugnæ.
Ad juſſum dociles immani enormia rictu
Guttura marmorei pandunt hinc inde dracones,
Et largo irati ſe mutua rore laceſſunt.
Unda fugit veluti nervo ſtridente ſagitta;
Dumque cadit, cœlum camerato fornice ſignat,
　　　　　　　　　　　　　　　　　　Iridis

Iridis & varios imitatur picta colores.
Attentis inhians oculis plebs credula fictam
Miratur pugnam , & Ludo se pascit inani.
Non ita Sculpturæ quos æmula gloria tangit ,
Aut artem ipsa suam docuit Tritonia Pallas ;
Nam dum visendi studio plebs densa coactis
Agglomerat sese cuneis , sequiturque fugacem
Attollens sursùm vultus , & lumina , limpham ;
Permisso pueris Ludo , nugisque sonoris ;
Id solum attendunt , turba ingeniosa , periti
Artis amatores , num sit perfecta , suisque
Partibus ac numeris ad amussim exacta figura ,
Quæ sic fœcundo jaculatur gutture fluctus ,
Et grata indoctæ præbet spectacula turbæ ;
An vitio artificis peccet miserabile marmor.
Ergo tibi has etiam Sculptor multâ arte figuras ,
Quamvis forte nimis studiique, operæque requirant ,
Esse laborandas iterùmque iterumque monebo ;
Ne , dum festivos tollit plebs ebria plausus ,
Lætitiæ dans signa suæ , ludumque placere
Significat voce ac gestu , spectator acutus ,
Cui dederit natura magis subtile palatum ,
Sibilet artificem , & naso suspendat adunco ,
Insanum vulgi murmur , plaususque refutans ,
Lætaque mordaci turbans modulamina risu.

                                         B

Prætereà vario ſtatuæ cognomine gaudent
Pro vario ipſius poſituque, habituque figuræ ;
Si pedibus ſtat nixa ſuis, dixere pedeſtrem
Artifices ſtatuam 1 ; ſi ſellâ nixa, curulem 2 ;
Si fertur ſublimis Equo, vocitatur equeſtris 3 !
Quas verò dotes imprimis quæque requirat,
Expediam, nec te per longa exorſa tenebo.

   Quadrupedem non una decet poſitura ſuperbum,
Quo vectus latè ſpectabilis eminet Heros.
Nam vel crura ferox molliſſima pone reflectat,
Seſſile demittens arrecto pectore tergum,
Anteriùſque tegens equitem ; vel calce protervâ
Scalpat humum impatiens, preſſiſque repugnet ha-
   benis
Libertatis amans ; vel demum poplite flexo
Carpat iter, curſuque paret prævertere ventos.
Spina duplex gemino diſcriminet ordine lumbos ;
Velent colla jubæ ; terram ingens cauda flagellet ;
Sint latæ clunes, craſſa ilia, venter obeſus,
Immenſum pectus, longum caput, ardua cervix
Et modicè ſenſim ſurgens à pectore collum :
At rapidum imprimis volvat ſub naribus ignem,

   1 Statue Pédeſtre qui repréſente un homme en pied ou
debout.
   2 La Statue Curule qui repréſente un homme aſſis.
   3 Statue Equeſtre qui repréſente un homme à cheval.

Exofufque moras micet auribus, & tremat artus,
Exultetque folo, & mandat fpumantia fræna.
Ipfe fuo recte affideat fublimis in alto
Seffor equo, nec devexo grave pondere corpus
Aut dextrâ, aut lævâ inclinatum parte recumbat;
Sed medio bene fultum humero preffa ilia ftringat
Arctiùs hinc atque hinc, cubito dùm læva decenter
Reflexo ad pectus fera mollibus ora lupatis
Temperat, & faciles rectrix moderatur habenas.
Sic te docta manus fulvo, Lodoice, metallo
Expreffum quondam finxit, fic dextera finxit
Altera quadrupedem qui te dorfo alite portat :
Plus tamen artis ineft in equo, famulufque Magif-
    trum
Sefforem fonipes, Sculpturâ judice, vincit.
   Marmore fi ponis, fi ponis in ære pedeftrem
Heroi ftatuam, fic corpus mole fuâ ftet,
Ut nullo indigeat fulcro, nec flamine poffit
Unquam profterni, fi forte valentior eurus
Spiret, agens nimbos & in aëre prælia mifcens;
Sed gravitate fuâ defenfum & pondere perftet :
Haud fecùs ac pelagi rupes immota refiftit,
Quæ, quanquam iratum tumido mare ferveat æftu,
Et magno undarum fremitu latera ardua pulfet;
Attamen ipfa fibi fatis eft, nec pluribus impar

Ventorum aſſultus , & cæli murmura ridet.
Imprimis verò auguſtâ gravitate verendum
Finge tuum Heroem , Sculptor, geſtumque regentis
Imperio populos, aut nutum adſcribe minacem.
Plurima ſublimi majeſtas ſpiret in ore ;
Numine ſint digni vultus, vincatque ſtatura
Corporis humanam divinæ proxima formam.
Da ſceptrum regale manu , veſtem adjice longo
Syrmate perpetuam , lauro præcinge capillos,
Et ſi vis etiam ſtatuæ decus addere majus,
Aut unam comitem aut plures adjunge figuras,
Sic olim eximius fulgenti Sculptor in ære
Fecit avi , Lodoice , tui, cognomine magni,
Proceram effigiem. Stat ſceptro ſcilicet aureo
Armatus princeps , & cultu indutus eodem,
Quem feſto ille die geſſit, quo tempore ſacris
Evinctus vittis, albâque in veſte Sacerdos
Imberbes vix dum primâ lanugine malas
Signatum populos ſuper & felicia regna
Conſtituit Regem, & Sceptrum permiſit habendum,
Haud procul apparent Victori erecta trophæa,
Et ſceptrum , & cæſo pellis direpta leone ,
Congerieſque armorum, & duro robore clava :
Sub pedibus rictu enormi tria guttura pandit
Cerberus , & linguas rapido vibrat ore triſulcas ,

Si poſſit terrere minis, ventriſque profundam
Explere ingluviem & prædam divellere morſu;
Nec quicquam : novus Alcides pede comprimit hoſ-
tem
Tergeminum, & collo ſubigit nova vincula ferre ?
Aurea dùm ponè expanſis victoria pennis
Frondentes geſtat palmas, oleamque ſiniſtrâ,
Et dextrâ imponit regali vertice laurum ;
Præterea fuſo pariter ſimulacra metallo
Quatuor, accedunt operi ornamenta, ſuumque
Victorem agnoſcunt ferreis onerata catenis,
Servorum more, & dejecto lumine mœſta.

Cùm fictas rarò, mentis commenta, figuras
Sculptura exhibeat, geſtuque, habituque ſedentum ;
At veras tantùm, quas aut mors improba nuper
Abſtulerit, vel quæ nondum ſint lumine caſſæ
Perſonas ſoleat poſitu deſcribere tali ;
Excellet Sculptor, laudemque merebitur omnem,
Si vivum exemplar mendax imitatur imago,
Et ſimiles vultus ita naturæ æmula reddit,
Ut notum in mentem revocans ſpectator amicum,
Dum ritè expreſſum fictâ ſub imagine ſpectat,
Exclamet primo intuitu : *Quantum inſtar in ipſo eſt !*
Sic oculos, ſic ipſe manus, ſic ora ferebat !
Si verò genus hoc primis meditatus ab annis

Tractare , eximios Sculptores fortè requiris ,
Quos tibi proponas , ſtudioque imitere fideli :
Nullos Græca quidem , at multos dabit Itala tellus,
Seu quos priſca virûm , ſeu quos nova protulit ætas.
Reſpice Pontificum niveo de marmore ſigna ,
Quæ Capitolinæ decorant vaſta atria molis,
Ornamentum ingens , ſellâque innixa reſidunt
Quæque ſuâ : haud alio ſeſe velit ore ſuprema
Majeſtas cerni : vincit Sculptura , vel ipſam
Æmula naturam : tantùm non intus ineſſe
Credideris ſaxo vitamque , animamque loquaci.
Atque mihi hanc in rem memori feſtiva recurrit
Hiſtoria , eximio celebrari carmine digna.
Cùm Galli quondam victores impete facto
Cepiſſent Romam , Lucrique cupidine ducti
Curſarent deſertam ultrò citroque per urbem ,
Atque etiam intrarent ædes ; in limine primo
Longævos patres , capitis barbæque verendos
Canitie multâ , & meliori tempore quondam
Rectores urbis ſellâ invenêre curuli
Quemque ſuâ vultu pleno gravitate ſedentem ,
Quos Statuas primùm eſſe rati & ſimulacra Deorum
Abſtinuere manus , veriti contingere , donec
Accedens Gallorum unus , dextrâque prehenſam
Demulcens barbam , vivum ſe tangere corpus

Ipfe fuo eft damno expertus, capitifque dolore.

Quippe minùs patiens fimulacrum, in militis aurem

Incuffo graviter baculo, quem fortè gerebat,

Sic audax crudo mulctavit verbere factum.

Hîc alia eft planè ratio : nam marmore fictas

Effigies quicumque videt, ftatuafque verendas

Pontificum fellâ nixas, corpufque micanti

Indutas circum trabeâ, fe cernere credit

Pontifices ipfos qui læto munere divûm

In lucem redeant iterùm & cœleftibus auris

Reddantur, tumuli erepti feralibus umbris.

Vox tantùm una deeft. Nec verba optata fequuntur,

Imò nec ipfa deeft oculo vox judice : marmor

Mutua poffe putes audire & reddere verba.

Diverfas diverfa decet pofitura figuras.

Infelix mater fobolem quæ luget ademptam,

Ora tegat pudibunda manu, lacrymasve cadentes

Linteolo abftergat : fic quà de marmore furgit

Richelio ingentis moles operofa fepulchri,

Flet mulier, largoque humectat flumine vultum ;

Cui mœftos adeo geftus, habitumque dolentis

Nativâ folers defcripfit imagine Sculptor,

Ut dolor ipfe alio fingi neget ore ; nec ipfe

Spectator lacrymas valeat retinere fequaces.

Sit cubito innixus vates, quem fævus Apollo

Haud blandis urget ſtimulis. Sit corpore pronus
Qui veniam implorat, preſſis ad pectora palmis
Ardentes ſupplex vultus ad ſydera tollat,
Aut oculos demittat humi mœrore gravatos.
Averſus retrò incumbat, quem forma repentè
Horribilis viſu terret; capitique tuendo
Officioſa vices clypei gerat utraque palma.
Sic teneræ matris gremium, amplexuſque petebat
Territus Aſtyanax; cùm magni torva videret
Ora patris; nudoſque enſes flammaſque vomentem
Terribilem galeam, & nutantes vertice criſtas.

Ingenti curâ Sculptor, ſummoque labore
Marmoreos oblongum oculos effingat in orbem,
Et cœlo in gyrum ducto multâ arte rotundet.
Aſt idem caveat pupillas, velle natantes
Exprimere, & parvo terebrare foramine marmor,
Quò nigri veniant abſorptâ luce colores,
Et ſic pupillam fallax imitetur imago;
Nam cùm pars oculi tenuiſſima, nataque rerum
Excipere objectas ſpecies ac reddere mente;
Spectantùm ut falsà deludat imagine ſenſus
Æmula, pigmentis adjamentoque colorum
Indigeat, peccet quicumque in marmore Sculptor
Pupillarum orbes operosâ expreſſerit arte;
Atque adeo lapidem terebrarit acumine ferri

Haud

Haud quaquam tale officium Sculptura requirit,
Ut secto effingat spirantia marmore signa
Expressi acriter gestus animare figuram
Elinguem, atque oculos possunt supplere silentes:
Ut medio cui lingua riget captiva palato,
Nascentique usum vocis natura negavit;
Cum verbis nequeat secretam pandere mentem,
Occultos mentis sensus interprete nutu
Exprimit, & sese quâ fas est voce revelat.

    Immensam laudis segetem, nomenque decusque
Grande sibi pariet Sculptor, seu molliùs ære,
Seu Saxo vultus imitetur & ora virorum,
Si rigidi parcus glebâ de marmoris unâ,
Aut uno liquidi ductu jactuque metalli
Non unam tantùm effigiem, sed plurima solers
Corpora juncta sibi pretioso vulnere fingat.
Sic mediâ doctus monumentum Sculptor in urbe
Altum, Augustum, ingens, & magno principe di-
    gnum,
Erexit, Lodoice, tibi : namque objice fracto
Carceris, & plenâ emissum fornace metallum
Protinùs in rivos declivi tramite fluxit,
Sed quanto undarum nec Sequana volvitur æstu,
Nec Rhodanus præceps, nec turbidus Ister arenâ,
Exceptumque typo ingenti, velut æquore flumen,

C

Fecit equum fimul ac Equitem (mirabile dictu)
Et fine futurâ corpus conjunxit utrumque
Hinc neque nubigenis erat arctius in Centauris
Quis duplicem mendax naturam fabula finxit,
Humanum tergo commiffum pectus equino,
Quam tibi quo veheris fonipes committitur arctè,
Et tecum, Lódoix, nexu propiore ligatur.
Pulcram operis molem cùm cerneret invida Pallas
Ingemuit, tantùmque arti natura licere
Indignata, fuum lacrymis confeffa dolorem eft,
Et multo iratos texit velamine vultus.
Sed merito Sculptura fuum decoravit honore
Artificem, & toto nomen celebravit in orbe.
  Afpice jam quanto manus ingeniofa labore
Tres charitum excudit puro de marmore formas.
Mollia quam facili flectunt clinamine membra?
Quam læto arrident vultu? Quàm fronte ferenâ
Spectantes ipfæ fpectant? Quam vertice demùm
Suppofito pulchrè, & manibus per mutuas nexis
In commune ferunt urnam, Medicæa tuorum
Cuftodem cinerum, cinerumque, Henrice, tuorum
Sic manibus fimul implicitis, fic mutuà nexas
Ludere crediderim charites in gramine molli;
Cum fociis junctæ Nimphis, venerique magiftræ
Feftivas agitant Lunâ impendente choreas,

Fœmineoque replent latè nemora avia cantu.
Tres porro fimul effigies, miracula fcalpri,
Et veterum haud indigna manu quos Græcia jactat
Artificum, Sculptor glebâ de marmoris unâ
Expreffit folers, adeò ut concordia major
Dilectas.inter nequeat regnare forores,
Nec formas affine magis conjungere vinclum.

   Membrorum mira inter fe confenfio regnet;
Immanem nec crura ferant exilia molem;
Aut humeros fuper ingentes puerile recumbat
Exiguumque caput, fummis ut pendula tectis
Bracteola affurgit, tenui quæ concita vento
Volvitur, & multos dat in ære ftridula gyros.

   Imprimis quamcumque mihi fic fculpe figuram,
Ut quamvis cæfo infcriptum fub marmore nomen
Haud legitur, tamen ex ipfo deprendere poffim
Intuitu mentem artificis, nomenque figuræ.
Haud fecùs expreffit fictâ fub imagine Sculptor
Infignem facie juvenem, qui fuftinet aurea
Poma manu, digitifque pedum fufpenfus in imis
Emicat; & celeri volet ilicet ocyor Euro,
Ni bafis aftrictos artus & crura ligaret.
Agnofco Hyppomenem, mentique Atalanta recur-
    rit,
Dicta leves curfu rapido prævertere damas,

Antevolare notos , nec in æquore tingere plantas :
Sic etiam niveum pario de marmore finxit
Annibalem Sculptor , cui multus decidit in vas
Annulus è manibus , Cannensis præda Triumphi.
At spirat quiddam indomitum , Romanaque signa
Insultans Aquilam calcat , frustra ore minaci
Exertantem ungues , subjectaque colla tumentem.
Terribilem agnosco Pœnum , qui fulminis instar
Fregit inaccessas alpes , domitamque subegit
Italiam bello , & Romanas terruit arces.
Hæc equidem Sculptor prudens exempla secutus ,
Quamque notis studeat propriis signare figuram ,
Sylvanus teneram ferat ab radice Cupressum ;
Pulset Apollo Chelym ? prætentet pollice solers
Calliopea Lyram ; speculum Venus aurea gestet ;
Spicula parvus Amor , Pharetramque , arcusque so-
           nantes ;
Flora rosas , plenis fructus Pomona Canistris ,
Spicea serta Ceres , Momus Larvam ; Ægida Pallas;
Pan calamos ; Spæram Uranie ; falcemque Priapus.
    At si fortè basis plures ferat unica formas ;
Hoc opus , hîc labor est diversos indere gestus
Cuilibet ; ut niveo finxit qui marmore Nilum ,
Descripsit puerile , Deus quo cingitur , agmen :
Insidet hic humeris , hic grandia crura fatigat

Parvus Eques ; cochleas hic colligit ; ille lapillos ;
Atque alios alius meditatur in æquore lufus,
Ut tulit ingenium , trahit aut fua quemque volu-
        ptas :
Quos inter Nilus mirâ gravitate recumbit,
Sphinge fuper nixus, pronâque reclinis in urnâ ,
Nefcio quid toto divinum fpirat in ore ,
Et fedet in vultu majeftas numine digna.

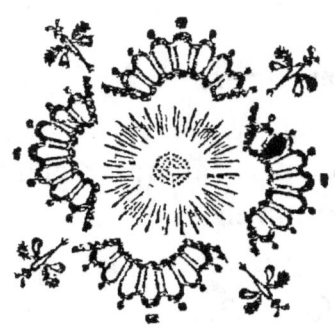

SCULPTURA
CARMEN.

LIBER SECUNDUS.

U T longum jam emensus iter per saxa
        viator,
     Cùm tandem abrupti montis, sublime
        cacumen
Reptando ascendit, cœloque potitur aperto;
Terrarum immensos tractus, camposque patentes,
Et celeres fluvios, & plenas civibus urbes
Deprendit, non visa priùs; multòque laboris
Plus superesse sibi, cœlum metitus utrinque,
Observat, quam quod fracto jam corpore fessus
Exhausit: sic dum cursu contingere metam
Festino, & terris defessam advertere puppim,

Miranti rerum uberior mihi nafcitur ordo ,.

Et magis ampla feges : magnum nempe aufpice
    Phæbo

Nunc onus incumbit memori defcribere verfu

Singula Sculpturæ miracula ; qualia quondam

Phidiacus labor effudit , folerfque Myronis

Dextera , vel fulvo finxit Lyfippus in ære ,

Praxiteles , doctufque Scopas , audaxque Prome-
    theus

Creditus æthereis rapuiffe è fedibus ignem ,

Quod vitam daret ille fuis animamque figuris.

  Vaticana 1 mihi tandem, Burghefia pande 2

Atria , Phœbe, potens: fit fas fpectare labores

Doctorum Artificum , & veteris fpectacula Romæ.

Audior. En fummo defcendit culmine Pindi

Par levibus ventis, volucrique fimillimus Euro

Pegafus, & famulo vectum fuper æthera dorfo

Trans gelidas Alpes optatâ fede reponit ,

Quà Domus exurgit multo Burghefia fumptu ,

Et florum diffufus odor latè imbuit auras.

Panduntur bifores impulfo cardine valvæ.

Ipfe mihi referat ftridentia limina Phœbus,

   1 Les Jardins du Vatican à Rome , pleins de morceaux
des plus grands Maîtres.
   2 Le Palais Borghéfe.

Et facilem ingentes aditum permittit in hortos.

Laudabunt alii proceras vertice Pinus,

Muscosos fontes, udis pomaria rivis,

Et viridem nemorum scenam, quibus ipsa Lycæi

Invideant arbusta, & cedant Thessala Tempe.

Me verò imprimis tot fuso expressa metallo,

Aut lapide, aut niveo delectant marmore signa;

Nec tam Flora placet, quamvis redimitâ corollis

Et caput, & gremium, quam cultu simplice Pallas,

Cujus læta fero subjecto vertice sacra,

Virginis eximio dudum perculsus amore.

At quid ego primùm sumam celebrare? Deorum

Aut hominum simulacra? Inopem me copia fecit,

Ancipitemque tenet multo discrimine mentem.

Vestibulum ante ipsum 1. sese Berecynthia mater

Objicit, & populi mores imitata Thalia;

Tum spicis redimita Ceres, & Martia Pallas,

Quam Jovis augusto scires è sanguine cretam,

Marmoreæ solo intuitu, aspectuque figuræ,

Tam multus commendat honos, & gratia vultum.

Tendenti ulteriùs 2 liberque, agilisque Diana

---

1 A l'entrée des Jardins, dans un endroit appellé le grand Cirque, sont quatre figures de Cybéle, de Thalie, de Céres & de Pallas, toutes quatre sans nom d'Auteur. Elles sont de marbre.

2 En sortant du grand Cirque, & tournant à l'orient,

Occurrunt, nivea eximio de marmore figna,
Et sic Artificis docto perfecta labore,
Ut specie captus vanâ vitam intùs inesse
Credideris, quæ corporeos diffusa per artus,
Det motum, & toti faciat commercia moli.
Pampineâ Liber redimitus tempora fronde,
Et latos humeros indutus pelle leonis,
Instaurat corpus, fractâque innititur ulmo,
Quam circùm vitis frondenti palmite serpit.
At Dea Sylvarum præses de more sonantem
Fert humeris pharetram, telumque volatile librat,
Flaventes diffusa comas & nuda lacertos;
Qualis in Eurotâ, summove cacumine Cinthi,
Virginibus comitata suis, levibusque molossis,
Aut Cervum, aut Tigrem, aut metuendum dentibus
      Aprum
Persequitur, multoque frementem vulnere figit,
Plusquam fœmineas agitans in corpore vires.

    Quis non Alcidæ frontem 3, gestusque minaces
Horreat, & diram nodoso robore clavam?

font deux autres Statuës de marbre fort belles, l'une de
Bacchus, & l'autre de Diane, sans nom d'Auteur.
  3 En avançant plus loin on rencontre deux autres Cirques
plus petits, dans lesquels font grand nombre de figures toutes très-remarquables, entr'autres celle d'Hercule armé de
sa massuë.

Quam tecum lugere juvat, pulcherrima Tethys, 1

Extinctam fobolem, & lacrymis conjungere fletus.

Parce tamen jufto nimiùm indulgere dolori

Infelix mater, vultufque absterge decoros.

Parte fui natus vivit meliore superstes,

Nec sua, quo corpus, jacet obruta fama sepulchro.

Sed quid ago imprudens? rapidis ludibria ventis

Verba volant; marmor dolet, æternùmque dolebit:

Quamvis non procul hinc blandâ Polyhymnia 2
    voce

Fundere vifa melos, folerfque movere fonantem

Calliope 3 Citharam tentent obducere vulnus,

Aut ægræ faltem mentis lenire dolorem.

    Quis verò jacet ille procul 4, labrique capacis

Margine, fe vitreâ fpectat refupinus in undâ?

Quam facie infignis? Quam toto corpore pulcher?

Ut bellè pendent pronâ cervice capilli,

Et molles vibrant innoxia lumina flammas?

An cœli pertæfus Amor, Cypro-ve relictâ,

Huc novus auguftis fucceffit fedibus hofpes,

---

1 De Téthis pleurant la mort d'Achille, toutes les deux
fans nom d'Auteur.

2 Non loin de la Statuë de Thétis font deux autres Statuës de marbre auffi fans nom d'Auteur : l'une repréfente
Polyhymnie, 3 & l'autre Calliope.

4 Narciffe, figure de bronze très-eftimée, fans nom d'Auteur.

Et nimios æstus vicinâ temperat undâ ?
Si luſtrem vultus, oculos, frontemque ferenam,
Impubeſque genas, Amor eſt : At ſpicula nuſquam,
Nuſquam alas video ; non eſt Amor : Improbus in-
      fans
Ire ſolet levibus pennis inſtructus & armis.
An longo tandem venatu feſſus Adonis
Huc venit nitidi ſudorem abſtergere vultûs,
Et recreare ſitim ? Sed ubi Citherea puelli
Fida comes ? Cur non ſequitur veſtigia greſſu ?
Narciſſum agnoſco qui captus imagine vanâ,
Spectat inexpleto ſpecioſum lumine corpus,
Et vetitos ipſe accendit, quibus uritur, ignes.
Unanimi ſtudio doctorum quidquid ubique eſt
Artificum impendat vires artemque magiſtram,
Non poſſit liquido juvenem ſimulare metallo
Formoſum magis, aut veneres in corpore plures
Congerere, & fictis tantum decus addère membris.
   O mihi quin fas eſt ſic læto ſingula verſu
Hortorum ſimulacra ſequi, meritiſque peritos,
Laudibus Artifices colere, & de floribus ipſis,
Quos gremio hîc paſſim fundit de divite tellus,
Texere multiplices, capiti ornamenta, corollas !
Sed me jam majora vocant, ædiſque verendæ
Marmora, vel fuſo ſimulacra expreſſa metallo.

Saltem obiter celebrare jubet Jovis innuba proles,
Et rapido luftrare intùs penetralia greffu.
Nulla mora eft: tua juffa fequor, Tritonia virgo,
Quo me cunque vocas, & te duce iimina fidens
Ingredior niveis hinc inde ornata figuris.

Vectus equo fe primùm oculis mirantibus offert
Curtius 1, infignis galeâ & fulgentibus armis;
Qui, fi vera fides, nec fallunt fcripta priorum,
Cùm Romæ quondam tellus adaperta repente,
Et medio difciffa foro nullâ arte coiret;
Unaque pro multis peteretur victima letho;
Æternâ certus vitam pro laude pacifci,
Atque idem Patriæ generofo incenfus amore;
Immani baratro, vaftâque voragine fefe,
Præcipitem mifit, terræque obduxit hiatum,
Sic propriâ redimens communem morte falutem.
Ut verò eximiè factum memorabile fculpfit
Ingeniofa manus? Quam rectè vertice prono

---

1 Dans l'intérieur du Palais fe voit entre autres chef-
d'œuvres l'admirable Statuë équeftre de Curtius qui fe préci-
pite dans un abime. Quoique ce foit plûtôt un bas relief
qu'une Statuë, la figure eft cependant tellement de relief,
qu'elle femble être entiérement ifolée. C'eft un des plus har-
dis morceaux qui ayent jamais été faits. Plaqué contre le
mur à une certaine hauteur, il effraye ceux qui le regardent
d'en bas. On craint que la figure ne fe détache, & qu'en
fe précipitant, elle n'écrafe le Spectateur: on n'en fçait pas
l'Auteur.

Volvitur, & liquido quadrupes dat in ære faltus
Arrectis horrore jubis, & poplite flexo
Anteriùs, dum calce leves diverberat auras ?
Ut quoque præcipiti fimilis fimilifque ruenti
Infelix juvenis? Quam multus corpore fudor
Defluit, & temerè hinc atque illinc brachia jactat
Nefcius ipfe fuî ? Quam doctè pondere prima
It baratro cervix, & cætera membra fequuntur.
Icare, talis erat fpecies tua, talis imago,
Cùm foli admotis propriùs, nimioque calore
Divulfis quas ipfe pater compegerat alis ;
Nec jam libratâ fufpenfus in aëre pennâ
Horrendó caderes revolutus in æquora lapfu :
Unda caput primùm excepit, vultufque madentes.
    Cur te præteream, Bacchi Silene magifter 1,
Et Satyrûm ductor? Vix toto clarius orbe
Effulfit niveo expreffum de marmore fignum.
Nempè fenex hederâ redimitus tempora circùm,
Ut pote quæ capitis vefanos temperet æftus,
Et rapidum innatâ reprimat virtute Lyæum,
Obnixus trunco titubantes fuftinet artus,
Nafcentemque gerit Bacchum nutantibus ulnis,

1 Dans un des appartemens qui regardent obliquement
le Septentrion, Siléné qui careffe Bacchus enfant, qu'il
tient entre fes bras. La Statue eft très-belle, mais fans nom
d'Auteur.

Molliter arridens puero , cui lenta capillos
Bacca hederæ cingit pariter, frontemque pererrat.
Tot diversa inter scalpri monumenta periti ,
Quæ decorant augusta intùs penetralia villæ
Burghesiæ , aut prostant erecta nitentibus hortis,
Non aliam plus Pallas amat , laudatque figuram ;
Artificis quippe ipsa manum scalprumque periti
Rexerit & pectus divino afflaverit igni.

　　Da Vati pariter vires, animumque ministra ,
Phœbe pater; mentique benignum infunde calorem,
Quò dignè versu celebrem Daphnesque tuamque
Effigiem & meritis tollam vos laudibus ambo.
Candida nimirùm Penci dum fluminis undam
Virgo bibit , lymphâque sitim compescit amicâ.
Phœbus adest , subitoque insanit amore puellæ ;
Daphne fugit , sequiturque Deus ; sed opaca re-
　　　　　pentè
Fit laurus, primamque amittit virgo figuram :
Jam glaucam tenues mediâ plus parte capilli
Crevêre in frondem , jam torpent frigore membra
Mollia paulatim rigidum præcordia robur
Cingit , & in teretes gracilescunt candida ramos
Brachia , rugosus circùm tegit inguina cortex
Deserit ossa calor ; per venas diditus omnes
Purpureo viridis currit pro sanguine succus,

Et tandem ad cœlum ramis felicibus arbor
Assurgit, fixifque folo radicibus hæret.
Cedite Romani Sculptores, cedite Graii,
Quos nimio jactat fastu ambitiosa vetustas,
Et reliquos super Artifices ad sidera tollit.
E vestris nunquam manibus scalpro-ve figura
Prodiit in lucem tanto perfecta labore.
Te, Bernine, manet nullo delebilis ævo 1
Gloria, te pulchro cingit diademate Pallas:
Nec lauros opus est, tonsamve accersere frondem
Longiùs, & multo tua nectere tempora sumptu.
Laurigeram fundit segetem tibi fertile marmor,
Auctoremque suum Daphne haud ingrata coronat.

Quid Florentinæ decus urbis & ornamentum
Impensâ, Medicæ, tuâ, hæredumve tuorum
Undique collectas & marmore & ære figuras
Sublimi versu memorem 2 ? Tu 3 scilicet artes
Tu reduces tandem longo post tempore Musas

1 Du côté du Midi est le Grouppe d'Apollon & de
Daphné. La figure de la Nymphe est sur-tout un morceau
achevé, & dû au ciseau industrieux du Cavalier Bernin,
dont le nom seul en fait de Sculpture est un éloge complet.
  2 Les Statues de Florence recueillies par les soins des
Princes de la maison de Médicis, & transportées dans cette
ville pour servir à son embellissement.
  3 Laurent de Médicis surnommé le Grand, & le restau-
rateur des Lettres & des Arts.

Et regno & gremio excepisti regius hospes.

Ipsa suum per te cœlum Sculptura recepit,

Tu bello eversas reparasti Palladis aras.

Te primùm fœdæ pulsâ caligine noctis

Aurora illuxit pulchræ præsaga diei,

Quæ totum jam nunc fulget diffusa per orbem.

Ergò dum rapidi volventur in æquore fluctus;

Dum rutilo terras recreabit lumine Titan;

Semper honos, meritumque tuum, laudesque vige-

     bunt.

Et niveis te fama vehet super æthera pennis.

Per te Sculptarum miracula grandia rerum

Luminibus saltem liceat percurrere raptim

Et veterum lustrare obiter monumenta virorum.

Laudabunt alii Pario de marmore Phœbum 1,

Pallada 2, Junonem 3, Bacchum 4, Veneremque

     Marinam 5;

Atque alii Paridem 6, Syllam 7, fortemque Camil-

     lum 8,

1 Apollon, appellé en latin *Apollo Cælispex*, parce que
l'ouvrier l'a représenté les yeux attachés au Ciel. Cette Statuë est de marbre, & sans nom d'Auteur.

2 Pallas surnommé *Minerve Ergane*, pareillement de
marbre, & sans nom d'Auteur.

3 Junon, aussi de marbre, & sans nom d'Auteur, avec
cette épigraphe latine *Juno Regina*.

4 Bacchus, avec cette épigraphe *Bacchus Pater sedens*, de
marbre, & sans nom d'Auteur.

5 Vénus, appellée par les Grecs : Ανασυομένη, Πότνια,

           Augustamve

Auguſtamve Jovis frontem 9, plenoſque ſerenâ

Majeſtate oculos & dignam numine formam.

Me niveum imprimis delectat imagine fictâ

Formoſi ſignum pueri 10, quem Regius olim

Sublimen Idæis rapuit de montibus ales,

Et famulo vectum dorſo trans ſydera longè

Aërium per iter cœleſti ſede locavit.

Nullus in egregio deprendi corpore nævus

Poſſit, & ipſa ſibi nequeat mens fingere quidquam

Pulchrius: haud equidem per eburnea colla capilli

Undantes ſine lege fluunt, tergumque flagellant.

Ut pingi ſculpi-ve ſolet crinitus Apollo:

At veluti criſpata manu, ferroque calenti

Aurea cæſaries multum glomeratur in orbem

Nexibus implicitis, collumque decenter obum-
        brat.

Si non purpureus qualis ſolet eſſe roſarum

ou Πελάγια, de marbre, & ſans nom d'Auteur.

6 Pâris tenant en main la pomme d'or qu'il préſente à
Vénus, de marbre, & ſans nom d'Auteur.

7 Sylla aſſis, avec cette épigraphe, *Sylla Dictator*, de
marbre, & ſans nom d'Auteur.

8 Camille en habit de Sacrificateur, tête nuë, & en
habit court, de marbre, & ſans nom d'Auteur.

9 Jupiter *Pacifique*, de marbre, & ſans nom d'Auteur.

10 Ganyméde, avec une Aigle à ſes pieds, & un oiſeau
dans la main gauche qu'il tient élevée, de marbre, & ſans
nom d'Auteur.

Ora rubor pingens nativo murice veſtit ;
Lilia ſunt ſaltem vultu conſperſa nitenti ,
Et niveo roſeum ſupplent candore colorem.
Cætera reſpondent planè. Sunt lactea colla ,
Frons hilaris , læves malæ , tornatile mentum ,
Molle femur , pingues humeri , belliſſima crura ,
Et vibrant flammas geminum , duo lumina, ſidus.

    Nec minùs ingenii monumentum artiſque peritæ
Me rapit effigies Martis 1 , quem bellicus ardor
Commendat , totoque expreſſa in corpore virtus ;
Quamvis ingenitum majeſtas temperet ignem ,
Ne ſiat præceps furor , & rabioſa cupido.
Defenſum riget ære caput , galeæque minacis
Sanguineæ nutant ſublimi in vertice criſtæ.
Læva gerit clypeum , gladii manus altera fragmen ,
Et capulum ſtringit ; nimirùm dum rotat enſem
Fulmineum , & magno hinc illinc fulgore coruſcat,
Præludens pugnæ ; glacies , ſeu futilis ictu
Lamina diſſiluit ſtridenti rupta fragore ,
Vibrantiſque Dei pugnam mentemque fefellit.
Quæ ſic expreſſit peregrino marmore Sculptor ,
Sic nudis habilem membris motumque vigoremque

    1 Mars ſous la forme d'un guerrier qui marche au com-
bat , ſans nom d'Auteur , & de Baſalte , eſpéce de marbre
très-dur , de couleur de fer , qu'on tire d'Egypte.

Indidit & rigidum fecit tractabile marmor,
Ut naturam ipsam si non superaverit audax
Æmulus; at saltem divinâ æquaverit arte,
Et decus immortale sibi nomenque pararit.

    Nec divina tui, Michael 1, simulacra laboris
Præteream : horrendum membrisque animisque
        Gigantem 2,

Aligeram veneris prolem 3 ; Julîve sepulchri
Magnum ornamentum Pario de marmore Mosen 4,
Flammea cui sacram distinguunt cornua frontem,
Longaque descendit subjecto in pectore barba,
Insidias factura oculis ; tam Sculpta peritè
Exprimit illa pilos, incanaque vellera menti :
Talis erat Vates referens cùm numen in ore,
Suspensos inter fluctus, undasque frementes
Duceret Isacidum turmas ; virgâve potenti
Fœcundos latices tactâ de rupe juberet
Ubertim fluere, & largos è pumice rores
Dispergi, gratos populis sitientibus haustus.

    Prætereà veterum dextræ monumenta peritæ
Multa laborato sunt ære aut marmore signa.

  1 Michel Ange Buovarrota.
  2 Le Géant de Michel Ange à Florence.
  3 Son Cupidon.
  4 Son Moyse, le plus bel ornement du tombeau de Jules
11, Il ne s'est rien fait de plus parfait depuis le Anciens.

Verùm eadem non fert animus comprendere verſu ,
Nec magis eximios poſſim celebrando referre
Artifices , quos alma tulit Sculptura per orbem ,
Quam doctos ſi fortè velim numerare poëtas ,
Qui pectus quondam Phœbeo numine pleni ,
Et Cedro dignos , dignos & marmore verſus
Scripſère , & lauream venâ meruere coronam.

Nimirùm tot Pallas habet , quot Phœbus alumnos ,
Et numero utrinque eſt ingenti copia major.

Ipſa tamen merito ſuccenſeat innuba virgo ,
Marmora ſi taceam , aut fuſo ſimulacra metallo ,
Quæ paſſim ſpectantum oculis urbs Herculis of-
     fert 1 ,

Urbs tumulata diu , multiſque incognita ſæclis.

Nam cùm olim ſtaret , pulchraſque ad ſidera mo-
     les

Erigeret 2 , ſubito ecce tibi vis atra procellæ
Ingruit horrendùm ſtridens , tumidumque per
     æquor

Funditur , & terram crebro velut ariete quaſſat.

1 Herculane , ville ſituée au pied du mont Véſuve , à
quelques milles de Naples , & fondée, ſelon Denys d'Halicar-
naſſe , par Hercule.

2 Elle fut enſevelie ſous les cendres du mont Véſuve ,
l'an de la fondation de Rome huit cent deux , la ſoixante &
dix-neuviéme année de l'Ere chrétienne , & la premiere du
regne de Titus.

Solemnes tùm forte fimul collecta theatro
Spectabat ludos plebes, & nefcia demens
Quam tragico abfolvenda foret comædia fine,
Unanimi fremitu, plaufu, ftudiifque favebat,
Et lætas ultrò tollebat ad æthera voces,
Dum rapidis circum pennis mors atra volaret,
Extremamque agerent, fatis volventibus, horam.
Ut verò (exitii fignum fatale futuri)
Audita eft cæco tellus mugire tumultu,
Et magis atque magis furdum increbrefcere mur-
　　mur;
Continuò trepidare metu, fubducere fefe
Quifque fugâ celeri & ludis dare terga relictis.
Verum heu! nec quicquam : fugientes proximus
　　imber
Affequitur, miferofque vocat labor ultimus omnes.
Jam multam cinerum nubem, vivoque favillas
Sulphure candentes prorumpere ad aftra Vefevus,
Mox putres etiam fcopulos, liquefactaque faxa
Evomere, & ruptis mortem expirare caminis :
Donec tempeftas vaftis inclufa cavernis
Erumpit fine more furens, grandique fepulchro
Obruit everfam miferis cum civibus urbem.
At propriis tandem furgit rediviva ruinis 1,

1 Il y a 7 ou 8 ans que le Roi de Naples a commencé à

Ereptamque videt poft plurima fæcula lucem:
Hîc potis es defoffa cavis fimulacra latebris
Cernere, Sculptarum miracula grandia rerum
Ære laborato, fcalpro-ve expreffa potenti.

Vifitur imprimis nuper defoffus ab imæ
Vifceribus terræ folido de marmore Conful 1,
Parvulus ex humeris nodo cui pendet amictus,
Et pectus circùm tegmen defendit ahenum.
Spirat in augufto majeftas confule digna
Scipio talis erat, cum curru vectus in aureo,
Et niveam cinctus rutilo diademate frontem,
Unanimes inter fremitus, plaufufque virorum
Captivos traheret celfa ad Capitolia Reges,
Et folemnem ageret fuperato ex hofte triumphum.
Nec minùs ingenium Sculptoris prædicat ipfe
Quo vehitur Conful, fonipes; fic feffile præbet
Tergum equiti, fic crura ferox molliffima flectit,
Sic ludunt per colla jubæ, facilefque vagàntur,
Collectumque vomit patulis de naribus ignem.

Cætera quid referam cœcis fimulacra cavernis

y faire fouiller, pour en tirer les monumens précieux que
17 fiécles n'ont pu détruire.
  1 Entre autres figures remarquables qu'on y a trouvé, on
voit fur-tout une Statuë équeftre de marbre qui repréfente le
Proconful Balbus, & que les connoiffeurs préférent à celle
de Marc-Aurele qui eft au Capitole.

Eruta , Mercurium 1 , Cererem 2 , Janumque bi-
  frontem 3 ;

Et Venerem primùm falfis è fluctibus ortam 4 ;

Et puerum imberbem 5 , cui pulchrè argentea pendet

E collo bulla , & pectus fufpenfa flagellat ;

Qualia nobilibus pueris infignia Romæ

Mos geftare fuit, donec maturior ætas

Veniffet , certufque annorum accederet ordo

Hæc fanè pulchra & multo confecta labore ;

Non æquant tamen egregio fufum ære Neronem 6 ,

Quem Jovis irati finxit fub imagine Sculptor ,

Et rutila ultrici jaculantis fulmina dextrâ.

Non erat ulla fero fpecies magis apta tyranno ,

Qui , dum Romanam tenuit fub legibus urbem ,

Tot capita abfcidit ludens , tot corpora letho

---

1 Un Mercure de fonte qui tient de la main droite une
bourfe pleine d'argent , & de la gauche une taffe fur laquelle
eft fculpté un luth , inftrument dont ce Dieu étoit l'inven-
teur.

2 Une Cérès.

3 Un Janus.

4 Une Vénus , figure d'un travail rare & précieux.

5 On y voit auffi la Statuë d'un jeune homme avec un
anneau en forme de cœur, tel que les enfans de qualité en
portoient à Rome jufqu'à l'âge de 14 ans.

6 Néron , Statue de fonte. Il eft de grandeur plus qu'hu-
maine , & fous la forme de Jupiter foudroyant. L'ouvrage
en eft achevé.

Tradidit , & toties maculavit fanguine fceptrum ;
Humani exitium generis labefque nefanda.

   Quanquam ego cur demens peregrinæ munera
    terræ
Commemoro ? cùm jam nec Romæ Gallia cedat.
Hinc adeò reliquas inter caput exerit urbes
Francigenæ princeps , materque Lutetia gentis.
Quid grandes portarum arcus 1 , celebratave di-
    cam
Compita 2 , marmoreos , urbis miracula , fontes 3 ;
Atque tuum imprimis 4 , ingens Bucardo , labo-
    rem ,
Egregium artis opus , quo Roma fuperbiat ipfa ;
Tantus ineft pannifque decor , fplendorque figuris.
Hîc fedet augufto Regina Lutetia vultu ,
Et populis dat jura fuis , cui purpura pendens
Defluit ex humeris , atque aurea fibula nectit.
Sceptrum dextra gerit , corpus velatur amictu ,
Et molles cingit rutilum diadema capillos :

1 Les Portes S. Antoine , S. Bernard , S. Denys , S. Mar-
tin.
  2 La Place de Louis le Grand ; la Place Royale ; la Place
des Victoires.
  3 Les Fontaines de la rue Neuve S. Auguftin , de la Cha-
rité , des Saints Innocens.
  4 Celle de la rue de Grenelle , ouvrage du célébre M.
Bouchardon.

At virides inter juncos, cannasque paluſtres
Matrona cæruleos latices & Sequana fundunt,
Et dominam recreant ſociatis fluctibus urbem.
Eximium laudaret opus Tritonia Pallas,
Si tam conveniens fonte foret additus ordo,
Quàm pulchra egregiis fuit inſita forma figuris.

Ante diem claudat nox atra humentibus umbris
Et ſol præcipites demergat in æquore currus,
Quam totâ paſſim referam ſparſa urbe ſepulchra 1
Eximiis erecta viris, qui fortiter olim
Pro Patriâ hoſtiles inter cecidêre tumultus,
Ingenuas aut qui mentem excoluêre per artes
Præpoſitâ lauris oleâ. Sic quà jacet ingens
Brunius 2, & cineres optatâ pace quieſcunt;
Pictori Sculptor, ſupremum munus, amico
Marmoreum extruxit ſublimi mole ſepulchrum.
Pyramis in medio ſurgit, quam ficta coronat
Effigies ſolis; ſtant parvæ hinc inde figuræ
Inverſis genii facibus, mœſtoque dolorem
Significant vultu ac geſtu, quos ponè cremantur
A dextrâ & lævâ cuſtodes thuris acerræ,
Et gratis mulcent tenues ſuffitibus auras.
Inter utramque baſi nixum, propiùſque ſuperbæ

1 Les Mauſolées.
2 Celui de M. Le Brun par Coizevox. L'ouvrage en eſt
ſimple, mais d'un tres-bon gout.

E

Pyramidi niveo proſtat de marmore ſignum

Pictoris , truncum infernè ; quem lumine caſſum

Veſtibus indutæ niveis, veloque fluenti

Pictura & pietas lugent, magnumque ſepulchro

Ornamentum addunt ; ſic utraque Sculpta venuſtè

Nil cedit veterum jactat quas Roma figuris,

Et mœrore ſuo Pictori ritè parentat.

    Plus tamen ipſa placet moles vicina ſepulchri , 1

Quam gratus quondam Pictor, dum vita manéret,

Extinctæ matri ſacrâ ædificavit in æde ,

Inventor , præſeſque operis. Tegit urna cadaver

Scilicet, & gremio cineres atque oſſa recondit ,

Exuvias animæ fragiles , mortiſque trophæa.

Aſt ubi terribilem ſonitum dedit ære canoro

'Angelus , & diro increpuit cava buccina cantu ,

Quæ manes imâ dudum tellure ſepultos

Evocet , & jubeat ſe judicis ante tribunal

Siſtere ; continuò revocata ad luminis auras

Exurgit mulier, cubitoque innixa recumbit

---

1 Le tombeau de la mere de M. . Le Brun par Colignon ,
qui eſt à côte de celui de ſon fils , paroît encore plus re-
marquable. Le deſſein eſt de M. Le Brun lui - même. La
mere de ce Peintre eſt repréſentée au dernier jour de
l'Univers , ſortant du tombeau au ſon effrayant de la trompette d'un Ange. L'eſpérance qu'elle a de jouir bientôt de la
gloire des Bienheureux eſt peinte ſur ſon viſage. Ces deux
beaux mauſolées ſont dans l'Egliſe de S. Nicolas du Char-
donnet.

Spem vultu teſtata ſuam, vitæque futuræ
Gaudia præcipiens quæ jam tum flumine largo,
Si qua fides oculis, generoſum pectus inundant,
Et blandâ puros replent dulcedine ſenſus.
Nec minùs Aligeri mirabilis ipſa figura eſt,
Qui levibus ſeſe librans per inania pennis,
Dat ſonitum ære cavo, bucciſque tumentibus in-
     flat
Terrifico ſtridore tubam, dum mobilis aura
Carbaſeam chlamydem ſine lege ſine ordine pul-
     ſans
Ventilat, & ſerpunt circùm vaga lintea corpus.
Hæc ego cum falsâ deluſus imagine ſpecto,
Turbatum inſolitâ trepidat formidine pectus,
Genua labant, rigido concreſcit frigore ſanguis ;
Nec poſſum quin continuò ſuprema recurrat
Illa dies animo, cum vectus nube curuli
Chriſtus, & Aligerûm famulâ comitante catervâ,
Quæſitor vitas populorum & crimina diſcet,
Atque alios flammâ damnabit vindice judex
Terribilis, promiſſo alios donabit honore,
Et ſecum abductos æternâ ſede locabit.
O mihi, corporeo dum mens incluſa tenetur
Carcere, tam puris contingat ducere vitam
Moribus, & minimam ſic exhorreſcere labem,
               E ij

Ut cum fumma dies perituro advenerit orbi ,

Quæ totam hanc rerum compagem & vincula fol-

· vat ,

Angelicos inter Proceres , cœtufque beatos

Adfcribi merear, novus hofpes & incola cœli.

Si greffum hinc efferre velim nova templa pe-

tenti ·

Occurrent nova Sculptarum miracula rerum ,

Lyfippi haud indigna manu , Scalproque Myronis ,

Et quæ doctorum quondam fœcunda virorum

Ægyptus mater , judexque oculata probaffet

Græcia prætereo monumentum ex ære rigenti

Erectum , Condæe , tibi 1 , & cælata metallo

Fortia quæ quondam geffifti prælia victor.

Prætereo , Mazarine , 2 tuum de morte trophæum

Ultima quo fpiras etiam poft fata fuperftes ;

Qualis eras , quantufque olim , cùm pondera rerum

Poft Regem primus tractares , atque trementis

1 La Chapelle de S. Ignace qu'on voit dans l'Eglife des Jéfuites, rue S. Antoine , renferme un fuperbe monument élevé en l'honneur de Henri de Bourbon , Prince de Condé, dont le cœur y eft confervé. Toutes les figures qui font de bronze ont été modelées par Sarazin.

2 Le Maufolée du Cardinal Mazarin dans l'Eglife du Collége qui porte fon nom. Ce Miniftre y eft repréfenté à genoux fur un tombeau de marbre noir. Il a derriere lui un Ange chargé de faifceaux. La Prudence , l'Abondance , & la Fidélité qui l'accompagnent font de bronze , & tout l'ouvrage eft du célebre Coizevox.

Europæ nutu librares fata potenti.

   Prætereo, Colberte, 1 tuum, indictumque relin-
      quo,

Sit multo quamvis fumptu, eximioque labore

Extructum, nulloque magis fe Gallia jactet.

Nempè decebat uti qui fic ornaverat artes,

Æthereas quondam vivus dum carperet auras,

Extinctum hunc artes gratæ memorefque viciffim

Ornarent, & in ipfius laudemque decufque

Artifices liquido conflarent figna metallo,

Et docili exprimerent, aut telâ aut marmore vultus.

   Singula quam lætus docti monumenta laboris,

Diverfis erecta locis & fedibus urbis

Commemorem, fi præfcriptos tranfcurrere fines

Temporis, & pelago liceat dare vela patenti :

Nunc quandò invitus, fpatiifque exclufus iniquis,

Eximios meritâ fine laude relinquere cogor

Artifices tantorum operum ; juvat urbe relictâ

Rure frui & pictos invifere floribus hortos.

   Afpice 2 quà leni præterfluit agmine turres

1 Dans l'Eglife de S. Euftache derriére le cœur à côté de
la Chapelle de la Vierge fe voit le tombeau du Grand Col-
bert. Il eft à genoux fur un farcophage de marbre noir. Un
Ange lui préfente un livre dans lequel il regarde. La Religion
& l'Abondance lui fervent d'accompagnement. Ce monument, un des plus beaux qu'il y ait en France, eft dû au
cifeau de Coizevox & de Tuby.

2 Aux Thuileries, entre autres ftatues, un Faune qui

Sequana magnificas , atque alta palatia Regum ;
Quam pulcher fefe fplendentibus offerat hortis
Ordo figurarum , deceptaque lumina pafcat.
Hîc Faunus tereti modulatur arundine carmen :
Mobilibus credas digitis percurrere cannam.
Illíc marmoreâ fpirat fub imagine Flora ,
Os humerofque Deæ fimilis : namque ipfe decoram
Cæfariem floræ Sculptor , lætumque juventæ
Afflavit lumen , niveæque infignia formæ.
Parte aliâ Anchifen fubftratus pelle Leonis
Fert humeris pius Æneas , quem pulcher Iulus
Pone fubit , fequiturque puer greffu impare patrem.
Quadrupedem quid utrumque loquar , queis docta periti
     periti
Sic manus artificis finxit lumbofque pedefque
Crifpantefque jubas , atque alta volumina crurum ;
Ut tales olim optaffet fibi Caftor habere ,
Cùm victor medios rueret fublimis in hoftes,
Aut valido annixus torqueret pila lacerto :
Atque adeò tecum haud formâ certare recufent
Bucephale , ingenti quanquam feffore fuperbis ,

joue de la flute , & une Flore , de Coizevox ; le grouppe
d'Enée , d'Anchife & d'Afcagne , de le Pautre. Au haut du
fer à cheval , deux chevaux ailés de marbre , dont l'un
porte une Renommée qui embouche fa trompette , & l'autre
un Mercure.

Et totum latè celebretur fama per orbem.

Quid Sancloviacas opus eſt memorare figuras 1 ;
Marliacæ ſimulacra domûs 2 , ſpectacula pompæ
Verſalicæ 3 ; campos ubi veſtit largior æther,
Diviſumque tenet ſolium cum Pallade flora.
Namque inter nemorum latebras , hortoſque niten-
      tes
Marmoreæ ſurgunt paſſim fuſæque figuræ.
Hinc mollis niveo ridet ſub marmore Bacchus 4
Purpureâ circùm redimitus tempora vite ;
Qualis erat cum pulchram olim Minoida ſolo
Littore deſertam, turbâ comitatus amorum,
Convenit, lacrymaſque manu deterſit amicâ.
Illinc ſe Latona oculis mirantibus offert
Cratere in medio 5 , & fœtu comitata gemello ?
Ardentes ſupplex vultus ad ſidera tollit
Queſta Jovi ; gelidos quia dum potura liquores
Acceſſit , recreare ſitim communibus undis

1 Les Statues de Saint Cloud.
2 De Marly.
3 De Versailles.
4 Dans le Parc de Verſailles Bacchus couronné de rai-
ſins. Cette Statue eſt de Regnaudin.
5 Le Baſſin de Latone , ſur lequel s'éléve un grouppe
de trois figures qui repréſente Latone au milieu d'Apollon &
de Diane ſes enfans. Le Sculpteur a pris le moment où Latone ſe plaint à Jupiter de la dureté des Payſans de Lycie.
Le Baſſin & les Figures ſont l'ouvrage de Marſy.

Turba procax vetuit : nec furdâ refpuit aure

Jupiter : in turpes mutantur corpora ranas

Agricolæ ; at veteris fervant convicia linguæ,

Ultricemque odere Deam , ranæque procaces

Ejaculantur aquas , marmorque afpergine rorant.

Non procul hinc agnofco tuum , Pugette , Milo-

      nem 1 ,

Eximiæ fimulacrum artis ; quem fiffile robur

Captivum retinet : verùm ecce paludibus exit

Bellua vafta Leo , & rabie ftimulatus edendi ,

Imprimit in magno truculentos corpore dentes ,

Offenfum luget marmor , furit , æftuat , ardet.

    Eximium fileo caftâ cum conjuge Pætum 2 ;

Et comitem Floræ Zephyrum 3 ; flavâque coronâ

Præcinctam caput Æftatem 4 ; Auroræque figuram 5,

Cui radiofa nitet fublimi in vertice ftella ;

Et leni dociles ferientem pectine nervos

Orphea 6 , dum refupinus humi tria Cerberus ora

---

1 Le Milon de Puget , avec le Lion qui le déchire. C'eft fur-tout dans ce grouppe admirable qu'on voit combien ce grand homme étoit habile dans fon art. La douleur , la crainte & toutes les paffions qui ont dû agiter l'infortuné Milon font peintes fur fon vifage.

2 Le grouppe de Pœtus & d'Aria, par Lefpingola.

3 Celui de Zéphyre & de Flore , par Le Comte.

4 L'Eté , par Vinci.

5 L'Aurore , par de Marcy.

6 Orphée jouant de la Lyre , par Franceville,

Continet, & cantus avidâ bibit aure sonoros.

Hæc sileo, ut partes divisi quatuor orbis 1,

Fœmineo expressas habitu cultuque celebrem.

Hîc Europa caput galeâ protecta minaci 2,

Plurima quam nivei distinguunt lilia flores,

Et sparsis hinc inde humerum per utrumque capil-
lis,

Non sine lege tamen rectâ cervice videtur

Porrectos longè fines, orasque tueri,

Et sibi subjectos terrarum agnoscere tractus.

Planta pedis calceo tegitur, quem lora supernè

Adstrictum vinclo retinent, nodoque decenti

Dextera veste latet, nixa est manus altera scuto,

Quo rapidi ad vivum cœlata apparet imago

Alipedis, qualem (si quod celeberrima Graîum

Fabula pondus habet) magno percussa tridenti

Effudit tellus, aut quales Dædala Circe

Æthereo patrii rapuit de femine solis,

Collectum patulis spirantes naribus ignem,

Præcipitique habiles cursu prævertere ventos.

Ipse velit talem Phidias finxisse figuram,

Eximios Phidias olim celeberrimus inter

1 Les quatre parties du monde par quatre différens Sculpteurs.
2 L'Europe, par Mazeline.

Sculptores, famâque idem super æthera notus.

   Jam roseos illîc sertis redimita capillos
Asia textilibus 1 , zonâque nitente smaragdis
Cincta latus niveum , vestem pannosque fluentes
Colligit , & retinet dextrâ , dum læva reflexo
Anteriùs cubito fert plenam thuris acerram;
Qualis apud Persas , Indos, molles-ve Sabæos ,
Aut medio longè divisos æquore Sinas
Plurima servatur templis , arisque crematur ;
Dum solem terræ , tempestatumque potentem
Insanâ mixti proceres cum plebe fatigant
Supplicibus votis , & longâ veste sacerdos
Indutus senior dat rauco gutture cantus,
Et rauco clamore præit solemnia verba.

   Non procul hinc simo deformis fœmina naso
Africa 2 , barbarico cultu dispendia formæ
Posse putat reparare satis , trinasque sorores
Vincere , si patrium moremque modumque venustè
Usurpans , multâ naturam corrigat arte
Ergò terebratâ factis sibi in aure fenestris ,
Dulcia candidulas appendit pondera gemmas ,
Fert arcum manibus , cæsique proboscide Barri
Non tam ornat frontem , quam enormi mole fati-
      gat :

   1 L'Asie , par Roger.   2 L'Afrique , par Guérin.

At Leo Sylvarum dominus , terrorque ferarum ,
Stratus humi ante pedes linguam vibrat ore triful-
    cam ;
Et si quis propior Reginæ accedere forte
Audeat imprudens , mortem exitiumque minatur.

  Nam tibi quis meritas laudes , America 1 , recu-
    set ?
Quis dum Versalicas & marmore & ære figuras
Prædicat , & doctos plenâ veneratur acerrâ
Sculptores, ausit sine thure relinquere marmor
Arte laboratum multâ , indictumque silere
Artificem præclari operis. Stat robore plena
Et succo mulier , turgescunt colla toroso
Vertice; nec totum corpus velatur amictu ,
Ut pote quam rapidi propior premat orbita solis :
Et toto accensus cœlo canis æstifer urat.
Tantùm fert humeris pharetram , pictasque volu-
    crum
Tegmen habet capiti pennas , quas circulus ingens
Communi vinclo circùm cava tempora nectit.

  Agnosco Patriam ! 2 salve , ó, pulcherrima tellus,
Quæ me vitales carpentem luminis auras
Quondam excepisti gremio , quam palpebra pri-
    mùm

  1 L'Amérique, par Cornu. 2 L'Auteur est Américain.

Debilis afpexit, quam primùm pondere preffi,
Cùm nondùm firmo infiftens veftigia paffu
Reptabam puer, & corpus rectoris egebat.
Ante leves liquido pafcentur in æquore damæ,
Aut altum æquoreos tranabunt æthera pifces,
Quam noftram ulla tui capiant oblivia mentem,
Et blanda immemori labatur pectore terra.
Afia nafcentem primo lavet æquore Phœbum;
Tu rapidos folis currus, feffofque jugales
Excipis hofpitio, cùm totum ardentibus orbem
Luftravit radiis & jam decedit olympo:
In te refpirant emenfo fidera curfu;
Tu gremio omnigenos fundis de divite fructus.
Tu reliquas orbis partes virtutibus æquas,
Te propter, natale folum, uxoremque, propinquof-
        que,
Et dulces gnatos mercator fponte relinquit,
Nec dubitat rapidis animam committere ventis,
Et pelagi immenfos fragili rate currere tractus;
Ut quæ felici partu nafcuntur apud te
Munera, quæ natura parens ibi prodiga fpargit,
Afportet fecum; & patriis feliciter oris
Redditus, externas mutet cum fœnore merces.
An memorem rutilas auri argentique fodinas;
Fœcundas gemmis rupes; fudantia lignis

Balfama, vitales plantas, fuccofque falubres ;
Nec fpecie minùs abfimiles quam nomine fœtus.
Hîc etiam Baccho colles ; hîc aurea poma ;
Hîc myrrhæ paffim ampla feges, cafiæque fragran-
      tis ;
Hîc lacrymis electra fluunt; hîc thurea virga
Felices ditat campos, & plurima furgit
Canna folo, quondam aufteros domitura fapores,
Cùm dulcem dederit prælo fubjecta liquorem.
Quid valles referam immenfas, quid nubibus ipfis
Cognatos montes, primâque ab origine mundi
Intonfas fylvis quercus capita alta ferentes.
Non alibi tantâ cum majeftate feruntur
In pelagum fluvii, nec tot loca diffita curfu
Præcipiti peragrant Rhenus ve, aut medus Hydaf-
      pes,
Aut pulcher Ganges, aut multo turbidus auro
Pactolus, Rhodanufque pater, præcepfque Ga-
      rumna ;
Aut Nilus, licet extremis devexus ab Indis,
Ut perhibent, feptem diverfa per oftia demùm
In mare purpureos violento murmure fluctus
Exoneret, rapidumque trahat fecum agmen aqua-
      rum.
Crefcat in immenfum fine fine modoque volumen,

Si celebrare velim indigenas. Hîc vindice nullo,
Sponte suâ, sine lege, colunt rectumque fidemque:
Hîc vulgaris amor, rara est discordia fratrum:
Hîc aurum pulchro calcatur inutile fastu:
Nec patrios linquit fines mercator avarus,
Ut positas alio merces sub sole requirat,
Et repetat patriam spoliis indutus Eois;
Sed contentus opum gravido quas ubere fundit
Terra parens, lætos exercet vomere campos,
Et Regum fortunam æquat sub paupere culmo.
Quin etiam luxum pueri, turpemque veternum,
Et molles somnos & desidis otia vitæ
Exosi, primùm à teneris se frigore & æstu
Indurant, crebroque exercent membra labore:
Exsuperant montes saltu, cava flumina tranant,
Aut rapido assuescunt cursu prævertere ventos,
Fingere tellurem rastris, vibrare sagittas,
Et flexo cornu mediâ sub nube volucrem
Figere, dum liquidum plausis secat æthera pennis.

　　Sed quid ego hæc autem Patriæ correptus amore?
Me nova Sculptarum revocant miracula rerum;
Et Phœbi imprimis mergentis in æquore currus
Balnea 1 stant circùm famulæ pulchro ordine Nym-
　　　phæ,

　　1 Les Bains d'Apollon, grouppe de sept figures, un

Cæsariem effusæ per eburnea colla decenter.

Aureas hæc phialas, laticesque effundit olentes ;

Altera linteolo detergit, & altera sparsos

Molliter in nodum religat post terga capillos.

Interea stabulantur equi, viresque resumunt,

Quò valeant terras iterùm lustrare patentes,

Ætheris immensos tractus, cœlumque profundum.

   Quid Venerem 1, Martem-ve sequar 2, celerem-

     ve Dianam 3,

Andromeden saxo affixam 4, & materna luentem

Crimina, cui funes, indignaque vincula Perseus

Solvit amans ; lymphas-pro flammis ore vomentem.

Enceladum 5, aut rigido transfixum pectora ferro

Athletam 6, & sensim, saxo moriente, cadentem.

Non mihi si centum facilis Deus annuat ora,

des plus grands qui ait encore paru. La Figure d'Apollon &
des trois Nymphes de devant sont autant de chef-d'œuvres
de Girardon. Les trois de derriere sont de Regnaudin. A
droite & à gauche sont deux autres groùppes. Ils représen-
tent les Chevaux d'Apollon abreuvés par des Tritons. Celui
qui est à droite est de Guérin, l'autre de Marsy.

  1 Vénus surnommée la Pudique, à cause de son attitude
modeste. Cette Statue est de Coizevox, d'après l'antique qui
est à la vigne Borghèse.

  2 Le Mars de Desjardins.

  3 La Diane de Marsy.

  4 Le grouppe d'Andromède & de Persée, de Puget.

  5 L'Encelade accablé sous le mont Ossa & le mont Olym-
pe, de Marsy.

  6 Le Gladiateur mourant, de Mosnier, d'après l'antique
qui étoit autrefois à la vigne Ludovisio.

Singula dicendo percurrere marmora poffim ;

Quidquid Pugettus finxit 1 , Cujoque 2 , Piloque 3 ,

Vanclevufque 4 , & Coftovii 5 , Sarazinus 6 , & ambo

Auguerii fratres 7 ; quid cum Theodone 8 , Gi-

rardo 9 ,

Marfius 10 & Flamen 11 , quorum inclyta nomina

nunquam

Ulla dies poterit, nec edax abolere vetuftas.

O , fi tantorum veftigia nota fecutus

Artificum, primis tractaffem marmor ab annis ,

Ut calamum & libros ; quam Principis ora juvaret

Nafcentis 12 , fimilemque ad vivum effingere for-

mam.

Non me Praxiteles vincat , non ipfa Myronis

Dextera. Jam primùm docili de marmore cunas

Exprimerem : cunis recubaret amabilis infans ,

1 Puget grand Sculpteur , grand Peintre , grand Archi-
tecte François.

2 Goujeon , Sculpteur François.

3 Pilon , Sculpteur François.

4 Vancleve , Sculpteur François.

5 Couftou l'aîné & Couftou le jeune, Sculpteurs François.

6 Sarazin , Peintre & Sculpteur François.

7 François & Michel Anguier , Sculpteurs François.

8 Théodon , Sculpteur François.

9 Girardon , Sculpteur François.

10 Marfy , Sculpteur François.

11 Flamen , Sculpteur François.

12 Ce Poëme fut récité quelques femaines après la naiffance de Monfeigneur le Duc de Bourgogne.

Quali

Qualis Amor, fingi folitus, fi fortè fopori
Lumina permittat : puerum complexa jacentem
Afforet ipfa Parens myrtho redimita virenti ;
Afforet ipfe Pater velatus tempora lauro ,
Et nofter Lodoicus amor, quem prodiga totum
Defuper expanfis tegeret victoria pennis :
Gallia non procul hinc auguftæ infignia gentis
Lilia porrigeret puero ; cui turba Jocorum
Spargeret è calathis circùm cunabula flores,
Lætaque odorato facrum caput imbre rigaret.
Intereà folers ærata cufpide Pallas
Carmina marmoreis hæc fcalperet aurea cunis :
Borbonia hîc fpirat fictâ fub Imagine proles ,
Matris deliciæ , fpes Regni, Patris Imago.

E

SCULPTURA

CARMEN.

LIBER TERTIUS.

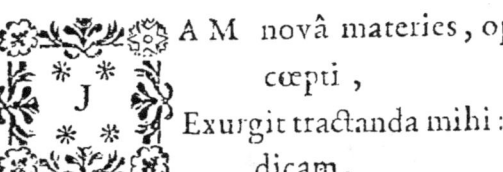 AM novâ materies, operis pars altera
cœpti,
Exurgit tractanda mihi : jam *Proſtypa* 1
dicam,
Dimidiâ tantùm cælatas parte figuras,
Et lapide expreſſas pàriter fuſoque metallo.
Sculptoris dotes & munia deinde ſequentur.

   Hîc etiam vatem bona reſpice lumine Pallas ;
Et feſſo vires iterùm nervoſque miniſtra ;
Quo reliquam valeat ſtadii decurrere partem ,
Et fauſto tandem curſu contingere metam.

   1 Les Bas-reliefs.

Expectat te digna novo pro munere merces :
Namque tibi antiquam terræ de nomine litem
Ære cavo memor insculpam , celebremque trium-
    phum ,
Argumentum ingens. Hinc rector & arbiter undæ
Stabit Neptunus , barbâ venerabilis aureâ ,
Et madidos viridi prætextus arundine crines :
Nec mora percutiet terram; percussa tridente
Fundet equum tellus , ruptique è vulnere saxi
Exiliet sonipes , cui luxuriantia velent·
Colla jubæ , patulifque erumpat Naribus ignis.
Parte aliâ Cœlata tui apparebit imago
A capite ad calcem flagrans cœleftibus armis,
Nimirùm clypeo lævam protecta rigenti ,
Sublimique gerens nutantes vertice criftas ,
Herbofum feries impreffâ cufpide campum
Agnofcet Dominam tellus , haftamque potentem ,
Et flava exurget ramis felicibus arbor ,
Quæ teretes edat baccas , oleamque virentem.
Turba Deum in medio judex atque arbitra litis ,
Victricem meritæ palmam concedet olivæ
Unanimi fremitu , & folio fublimis in alto
Jupiter ipfe tibi præcinget tempora lauro :
Dum pulcher læto Phœbus canet ore triumphum ,
Et feriet dociles aurato pectine nervos ,

Argutos citharæ ftrepitus cum voce maritans.

Sive ergò ære mihi, feu marmore *Proftypa* fingis,
Qualia vel Regum foribus fublimibus adftant,
Vel doctis veterum apparent impreffa columnis ;
Cœlatis , Sculptor , Pictorem imitare tabellis 1 :
Namque fuas habet ipfa etiam Sculptura tabellas ,
Ipfa fuas umbras , proprios habet ipfa colores.

Imprimis fibi non noceat confufa tumultu
Turba figurarum 2 ; fed amico fœdere junctæ
Auxiliumque decufque fimul fibi mutuà præftent.
Nempè triumphali fic fertur Sculptor in arcu
Defcripfiffe Titi pompam 3 , cùm victor in urbem
Poft Solymam everfam & proftratas funditùs arces
Solemnes inter fremitus plaufufque rediret.

Apparet curru princeps fublimis eburneo ,
Et fceptrum regale gerit , veftemque togatam ;
Aurea cui ponè expanfis victoria pennis
Sufpendit laurum capiti , dum prævia frœnis
Roma regit currus , & equorum flectit habenas.
Victoris ftipat victor denfo agmine miles ,

---

1 Les préceptes qui conviennent à la Peinture peuvent
pour la plûpart s'appliquer aux Bas-reliefs.

2 La clarté.

3 L'Arc de Triomphe élevé à l'Empereur Tite après fa
mort ; on voit fur un des côtés fon entrée triomphante dans
Rome , après la victoire qu'il remporta fur les Juifs. Ce
morceau eft, comme tous les autres, d'une très-grande beauté,

Præcinctus pariter lauro , sociusque triumphi ,

Et nimiam armatus populorum submovet undam

Hinc atque hinc , vacuo ut facilis rota tramite cur-

rat ,

Festaque majori sese explicet ordine pompa.

Sic verò egregii Sculptoris dextera solers

Impressit lapidem signis, ut proxima quamvis

Corpora, contiguis sibi tangant artubus artus ;

Haud tamen inter se moveant inimica duellum ,

Nec ferat ingratum turba importuna fragorem ;

Æquore sed placido pax serpat amica tabellæ ,

Et socias inter regnet concordia formas.

Quid loquar ut rigido descripserit alter in ære

Sanguineam Sculptor pugnam 1 , quâ viribus impar

Non animo non arte minor Turennius heros

Austriacas fudit , Rheno frendente , Phalanges.

Hinc fugiunt hostes , illinc fulgentibus armis

Urget agens Gallus ; strictum micat undique fer-

rum :

Parte aliâ rutilo Ductor spectandus in ostro

Eminet, & cunctis ignesque animosque ministrat :

1 Bataille de Turkeim le 6 Janvier 1675. où M. de Tu-
renne força les Impériaux de repasser le Rhin avec vingt
mille hommes qui leur restoient , de soixante mille dont leur
armée étoit composée en entrant en campagne. *Hénault, an.*
1675.

Pugna refurgit atrox; denfo ruit agmine turba;
Semineces volvuntur equi; mixtufque viro vir
Implicuit fefe; pulfu tremit excita tellus,
Et fufo latè reftagnant fanguine campi.
Verùm inter ftragemque virûm, armorumque tumul-
    tus
Ordine cuncta fuo pulchrè digefta notantur,
Nec mixtis ingrata venit confufio formis.
Haud fecùs argutas voces fi quandò maritat
Mufica cum fidibus, refonent licet organa mille,
Præclarum quiddam exurgit; blandumque fonorem
Offenfi lapides & concava faxa remittunt,
Concordefque vel ipfa fonos difcordia gignit.
    Ut 1 medius pendens Lychnus laquearibus au-
    reis,
Vafta licet largo circùm atria lumine complet;
Sic totâ focus in tabulâ fit luminis unus,
Hauriat unde omnis, veluti de fonte, figura,
Et Sculpta exugant proprium fimulacra nitorem.
    Nativas fi ruris opes 2 & munera fingis,
Nefcio quid lætum Sculptis infunde tabellis:
Candida fub docto nafcantur lilia fcalpro,
Pallentes violæ, tenerâ lanugine poma,

1 Un feul centre de lumiere.
2 Les Payfages,

Et gravidâ paſſim pendentes arbore fœtus :
Marmoreo imprimis redivivus ab æquore Titan
Veſtiat auratos naſcenti lumine colles :
Hîc leni fugiat per florea prata ſuſurro
Rivulus , & leves interſtrepat unda lapillos :
Illic maturas robuſtus meſſor ariſtas
Colligat in faſcem ; molles aut vinitor uvas
Exportet calathis rubicundi munus Iacchi.
Non procul hinc paſtor lentè reſupinus in umbrâ
Agreſtes inflet calamos ; dum gramina campis
Tondet ovile pecus , viridique exultat in herbâ.
Pone Lupum in Sylvis, teneros in montibus Agnos ,
In pratis Tauros, mutos in flumine Piſces ,
Errantes paſſim per inhoſpita ſaxa Capellas ,
Et Damas , imbelle genus , Cervoſque fugaces.
Expreſſi nativa placet ſic ruris imago.

In mediâ eniteat Princeps Perſona tabellâ 1 ;
Ut ſolet in ſcenâ ſe prodere Regius actor ,
Atque omnes ſpectantum in ſe convertere vultus.
Sìc rutilo quondam Nioben qui Sculptor in ære
Condidit 2 , & Niobes fatum miſerabile prolis ,
Exanimes inter natos, nataſque peremptas ,

1 La principale figure.
2 Niobé au milieu de ſes enfans morts ou mourants ,
dans les Jardins de Médicis. On attribue ce Bas-relief à
Scopas ou à Praxitéle.

In medio matrem appofuit, quæ corpore toto
Totâ vefte tegens minimam defendere natam
Nititur incaffum & trifti fubducere letho :
Namque venit nullâ medicabilis arte fagitta ,
Quæ teneram volucri transfigit arundine prolem :
Matris in exanimi fpirat dolor iraque vultu.

Hoc etiam Sculptor documentum ritè fecutus ,
Qui victos Bello Dacas 1 , Aquilafque minaci
Trajano duce victrices cùm fingere vellet ,
Et memori celebres cafus effingere faxo ;
Defcripfit fictas acies , fimulataque veris
Prælia , & innumero complevit milite fcenam :
Verùm inter peditum turmas , equitumque pha-
       langes ,
Et rigido paffim fulgentes ære catervas
Trajanum in medio pofuit , qui vertice nudo
Vectus equo fpumanti & luce corufcus ahenâ
Adverfum mucrone parat transfigere pectus ;
Jamque manu erectâ feriat , nifi corpore flexo
Supplicis in morem , veniam petat impiger hoftis ,
Impendentem ictum lacrymis precibufque moratus.
Intereà toto Mars impius æquore fævit
Funera funeribus cumulans , madidamque cruento

1 La victoire de Trajan fur les Daces , gravée fur l'Arc
de Triomphe élevé à ce Prince.

                                        Spargit

Spargit humum rore , & laxis bacchatur habenis.
Hîc hostem indutus cristatâ casside miles
Præcipitem deturbat equo , præsensque minatur
Exitium ; ast alter confossus vulnere diro
Semianimis cadit , & mistam cum sanguine vitam
Paulatim expirans tenues effundit in auras.
Haud procul hinc gelidâ frigens à morte cadaver
In turbâ jacet & pedibus calcatur equorum.
Parte aliâ Romanus eques truncata virorum
Attollit capita , & sociis pugnantibus offert
Heu notos nimium vultus , nisi protinùs arma
Deponant , pœnamque parem sortemque minatus.
Saxea nescio quid spirat crudele tabella.
Undique sublimes nutant in vertice cristæ ;
Ærati fulgent clypei , vaga fulgura mittit
Umbo cavus , strictisque seges mucronibus horret,
Et rutilam conferta simul dant agmina lucem.
Dux tamen ipse alios inter caput altius effert ,
Plus gravitatis inest , plus majestatis in illo ;
Egregio majus sparsum decus enitet ore ,
Scintillatque oculis , regali denique formâ
Contemplantum oculos , illustris detinet actor.

Respice quid deceat 1 , nec fit pars una tabellæ
Nudâ tibi penitùs , dum plures altera formas

1 L'équilibre.

G

Obtulerit; fed utramque pari difcrimine Sculptor
Veftiat, & jufto dimenfam examine libret.

   Si doctâ cæcum 1 immergens caligine *verum*,
Involvenfque allegorico fub cortice Sculptor,
Me velit impreffas aut ære aut marmore formas
Sumere fenfu alio, quam quem cælata tabella
Exhibet intuitu primo ; fic fymbola fini
Congrua propofito ufurpet; fic dirigat illum
Ad finem junctas concordi fœdere formas,
Sic demùm propriâ difponat fingula fede,
Et noctis minuat non nullâ luce tenebras ;
Ut verum facile arripiat mens callida fenfum,
Sublato tabulæ velo, larvâque dolofâ ;
Nec crudele animo tormentum afferre, vel omnes
Ingenii fit opus meditando intendere nervos :
Sed veluti faxis ferienti faxa, volantes
Protinùs abfiftunt fcintillæ, & vividus ignis
Emicat; haud aliter fatagenti educere lucem
Immerfam tenebris, & fenfum aperire latentem
Sculpturæ, nubes oculis invifa recedat
Continuò, pulfâ noctis caligine lumen
Fulgeat optatum, nux demùm cortice fiffo
Exeat, & fefe quærentibus offerat ultrò.

   1 Les fujets allégoriques.

Sic habilis quondam Sculptor 1 cum vellet in urnâ

Marmoreâ humanæ brevitatem ostendere vitæ ,

Quæ levibus fugit acta rotis , cursuque fugaci

Fluminis in morem, celerique simillima rivo

Labitur , & tenues tandem evanescit in auras ;

Multiplices rerum species , diversaque finxit

Corpora , quæ nullo quamvis hærere videntur

Inter se nexu ; nec eâdem posse morari

Sede simul , quippe adversâ contraria fronte ,

Propositum tamen ad finem sese omnia miro

Concentu referunt , oculoque inspecta sagaci

Ostendunt tenui obductum velamine sensum

Quadrijugo primùm apparet super æthera curru

Sol vectus , patriumque parat conscendere cœlum ,

Et rutilos latè radios diffundere terris.

Inferior satus Japeti limumque lutumque

Aspersum rore & mistum fluvialibus undis

Fingit in humanam dextrâ solerte figuram ,

Compingens nervos nervis, atque ossibus ossa ,

Et niveam extendens pellem , quæ membra venustè

Contegat , & nudum strictim liget undique corpus.

---

1 A Rome au Capitole , dans la chambre nommée *des Vases* , parmi un grand nombre de belles urnes antiques , on en distingue une toute chargée de symboles qui expriment la briéveté de notre vie. Le sujet est des plus beaux , les mieux composés & des plus intéressants.

Stat propior, galeáque caput protecta minaci
Humano imponit capiti tritonia Pallas ·
Vermiculum pennarum oftro guttifque nitentem.
Parte aliâ pulcher pulchrâ cum uxore Cupido :
Non procul inde potens altâ fedet æolus arce
Armatus fceptro ingenti , nimbofque fonantes
Imperio premit & dat jura furentibus auftris ;
Ad latus egregio apparet cælata labore
Forma viri , clavumque tenet moderamina navis,
Et glaucâ niveam redimitus arundine frontem eft.
Haud aliâ Nereum veteres fub imagine pingunt.
Jam calathum manibus lento de vimine textum
Aureâ fert mulier , pomifque ac flore repletum
Multiplici cornu, quod turbine crefcit ab imo.
Ipfe etiam Vulcanus adeft fuligine tinctus
Et madido fudore fluens, qui follibus auras
Ventilat, & rapidum accendit fornacibus ignem,
Exilit accenfo fcintilla volatilis igne ,
Et piceam fumus glomerat caligine nubem.
Ex latere adverfo vafis foror æmula Phœbi
Diana excelfo bijugos agit æthere currus ;
Invifamque parat terris inducere noctem.
Sub curru deforme jacet , mutumque cadaver,
Et totum inceftat lacrymofo funere marmor.
Corporis exanimi contactu horrere videtur

Papilio, & volucri liquidum secat æthera pennâ.
Inde sedet Genius gestuque habituque dolentis,
Inversamque facem extinguit dum læva decenter
Sustinet intextam multo de flore coronam.
Finibus extremis, imâque in parte tabellæ
Immanis trunco religatus membra Prometheus
Cernitur, & meritas pendit pro crimine pœnas.
Nam jecori affixus rostro Jovis ales adunco
Æternum pectus repetito lancinat ictu,
Rimaturque epulis costas & viscera nudat,
Et jugi morsu fibras depascitur intùs.
Hæc equidem cælata nitent signa aspera vasi,
Et feriunt oculos : sed quis tam paupere venâ
Ingenii instructus, tam sensu obtusus inerti,
Naturam demùm sic olim expertus avaram,
Ut lucem nequeat fictâ sub nube latentem
Arripere, & pulsâ doctæ caligine noctis
Detegere occultos latebroso ænigmate sensus.
Nimirùm quascunque oculis Sculptura figuras
Exhibet impressas, hominem referuntur ad unum
Concentu unanimi & nostræ sunt symbola vitæ.
Primævos hominis sol nascens indicat ortus.
Numinis est satus Japeti omnipotentis imago.
Vile lutum ostendit quâ simus origine nati.
Supremi Pallas decus ingeniumque parentis,

G iij

Ingenii, quo bruta carent animalia, dotem
Innuit; impositus cervice argenteus ales
Denotat ipfam animam, quam quondam ignara ve-
     tuftas
Sublimem excelsâ capitis fundavit in arce.
Significat pulchrâ vinctus cum uxore cupido,
Quam fecreta ligent animam cum corpore vincla:
Ignis & unda fimul, tellus & mobilis aër
Corporis humani difcordia femina pingunt,
Frigida quo calidis, quo ficcis humida pugnant,
Æternumque movent inimicâ fronte duellum,
Donec fuccuffam crebris, velut ariete, morbis
Diffolvat penitùs molem vis ferrea lethi.
Luna potens Erebo, nec longè diffita fole
Clariùs oftendit quàm angufti terminus ævi
Nos premat, & propiore gradu mors vitaque diftent.
Papilio afpectu fugiens deforme cadaver
Exprimit, ut vinclis tandem mens libera, fursùm
Evolet, æthereoque olim de femine creta
Cognatum repetat cœlum & fuper aftra feratur.
Inversâ Genius tædâ, multoque coronam
Flore gerens nexam, tacito nos admonet ore,
Quam citò marcefcant humanæ gaudia vitæ,
Frondibus arboreis, teneroque fimillima flori,
Quem fubitò pluviis eductum & mitibus auris

Surgentem videt una dies, videt una cadentem.

Affixus demùm trunco, jugique Prometheus

Depastus fibras, fœcundaque viscera morsu

Ultorem esse docet sceleris, sontesque manere

Sub terris pœnas, ut rectis præmia factis.

Qui porrò nequeat faciles ità solvere nexus,

Hunc egò crediderim duro de stipite natum,

Iratis-ve Deis exortum in luminis auras.

Umbrarum ad lucem 1, vel amicas lucis ad umbras

Transitus offendet, si sit velocior : ergò

Sic prudens manus artificis dispenset utrumque

Ut nimiam umbra diem, nimiam lux temperet um-
bram,

Et futura habilis spectantia lumina fallat.

Sic rerum ille opifex nutu qui temperat orbem,

Splendori solis nimio præcedere lumen

Mitius auroræ jubet ; & non illicò terras

Involvit tenebris ; sed blanda crepuscula mittit,

Et noctis simul & roseæ confinia lucis.

Parte sui tantùm mediâ cælare figuras 2

Non adeò austerâ Sculptor sub lege tenetur,

(Quanquam sic veteres olim fecere magistri 3)

1 Les ombres & les jours.

2 Le plus ou le moins de saillie dans les figures.

3 Dans les plus beaux bas reliefs des Anciens, & sur-tout

G iv

Ut totum nequeas oculis oftendere corpus,

Fingere vel medio extantes plus corpore formas :

Non tantùm decus inde novum, majorque venuſtas

Accedit tabulæ ; ſed nervo & robore plenum

Neſcio quid ; majorque oculis mirantibus error :

Corpora quaædoquidem tum fiᵈta ſimillima veris

Deludunt planè ſenſus, oculoſque videntum,

Naturamque magis ſimulata imitatur imago.

Sit teſtis miro cœlata tabella labore 1 ,

Quà doᵈti Artificis manus ingenioſa Leonem

Pontificem ſummum ſinxit, qui fronte verendâ

Inſignis, triplicique caput diademate cinᵈtus

Hunnorum Regem meditantem funera gentis

dans ceux qui ont été faits par les Grecs, les figures ont peu de relief ſur leur fond : dans les ouvrages de cette eſpéce que nous ont donné les modernes, les figures ont au contraire beaucoup de ſaillie, & ſont quelquefois preſque de ronde boſſe. Rome, & ſur-tout les Egliſes de cette ville, ſont remplis de bas reliefs ſemblables qui tenant lieu de tableaux, ſervent à décorer des autels. Le Bernin & ſes diſciples, & le célébre M. Le Gros, que la France ſe glorifie d'avoir produit, ont fait dans ce genre de Sculpture les plus belles choſes. On a de ce dernier, dans l'Egliſe du Collége Romain des Jéſuites, un bas relief de S. Staniſlas dans la gloire, qui eſt un miracle de l'art.

1 S. Léon arrêtant Attila, qui vient à Rome dans le deſſein de ſaccager la ville. Ce morceau qui eſt dans l'Egliſe de S. Pierre, eſt d'une vaſte étendue, & d'une exécution merveilleuſe. Je doute que dans l'antiquité il ſe ſoit rien fait de plus conſidérable en fait de bas reliefs. Il eſt dû au ciſeau du célébre l'Algarde.

Romanæ, & ferro cives abolere parantem
Aggreditur mulcens dictis, dextrâque prehenfum
Audaci vetat ulteriùs procedere greſſu :
Dum Petrus, Paulufque comes, quos æthere ab
           alto
Mittit in auxilium Romæ Rex fummus Olimpi
Sublimes nube apparent, mortemque minantur
Fulmineo armati gladio, nifi protinùs urbem
Numine defenfam converfis deferat armis
Attila, facrilegofque recondat providus enfes.
Ille oculos furfùm attollit, fed lumina ferre
Splendorem tantum nequeunt, & palpebra nictat
Debilis ; ut fi quis pleno folem orbe ferenum
Sufpiciat, nimius perftringit lumina fulgor,
Et tunicam offendunt ingratæ tela diei.
Pontifici multus fulgenti in vefte facerdos
It comes, & lento fequitur veftigia greſſu,
Præfcriptum fervans munus, nec ab ordine cedens
Quifque fuo ; at fidens animi, miferamque paratus
Vel fervare urbem, vel certæ occumbere morti.
Parte aliâ Regem ftipat facto agmine miles
Attonitum ; & gelidâ pariter formidine mentem
Correptus, verfis properat difcedere fignis,
Præcipitique fugâ romanos linquere fines.
It longè murmur caftris ; conterrita tellus

Pulſu equitum peditumque tremit; mixteque tu-
     multu

Volvitur undanti caligine nimbus arenæ.

Hæc porrò docili ſic finxit marmore Sculptor ,

Ut mediâ emineant multò plus parte figuræ ,

Et cælata novum accipiat pretium inde tabella.

    Denique 1 *ſit quodvis ſimplex dumtaxat & unum* 2.
Sobria faſtidit nimia ornamenta tabella.

Naufragii cœlanda tibi feralis imago :

Quid mihi maturas Sculptor malè prodigus uvas

Exprimis , aut flores , Myrtos-ve , humiles-ve Cu-
     preſſus ?

Quid volucres cœlo , quid mergos littore fingis ?

Æquoris irati ſpeciem volo ; finge tumentes

Horrendùm fluctus , eliſaque nubibus atris

Fulgura , nigrantem commiſtâ grandine nimbum ,

Pallentes gelidâ mortis formidine nautas ,

Et de præcipiti pendentem rupe carinam ;

Immenſo velut in pelago ſi forte procella

Incubuit , nimboſque ferens noctemque profundam ,

Protinùs accenſus crebris micat ignibus æther ,

Ingeminant auſtri ; cœlum tonat ; æquora fervent ;

Præcipiteſque ruunt reſolutis nubibus imbres.

1 L'unité.
2 Horace , art Poëtique.

Quid jam Sculptoris dotes & munia dicam 1 ?
Sculpturæ quifquis facros penetrare receffus
Cogitat 2 ; an magnum tantis refpondeat aufis
Ingenium, exploret, prudenfque interroget alas,
Ignoto antè velit quam fe committere cœlo.
Non omnes fecto humanos de ftipite vultus
Ducere, vel mutis poffunt infundere vitam
Marmoribus : licitum id paucis, quibus æqua Mi-
nerva
Arrifit blandè afpirans, animofque miniftrat:
Ergò nifi fœcundum habitet fub pectore numen,
Necquicquam in fterili multùm fudabis arenâ,
Ingrato impendens noctemque diemque labori ;
Heu ! nunquam ad feros pervadet fama nepotes.
Divitis ille fuit naturæ munere Sculptor 3,
Quem Sculptura Deum meritis fuper addidit Aris.
Hunc puerum pater, & nondum lanugine primâ
Veftitum imberbes malas, cum addicere vellet

1 Qualités du Sculpteur.
2 Le Génie.
3 Michel-Ange *Buonarota*. Son pere Louis *Buonarota*,
homme d'une naiffance diftinguée, & de l'ancienne maifon
des Comtes de Canoffe, le deftinoit aux fciences, & le re-
prenoit fouvent de ce qu'il deffinoit, regardant la Peinture
comme un Art qui le dégradoit. Ses remontrances furent
vaines, & l'inclination naturelle prévalut. La nature l'avoit
elle-même formé de fa main. Abrégé de la vie des plus fa-
meux Peintres, par M. ***

Mufarum ftudiis , ut aviti nominis hæres ,
Acceptum augeret proprio fplendore decorem ,
Et poffet quondam , fi fors ità fortè tuliffet
Doctrinâ adjutus fummos afcendere honores ,
Projeciffe ferunt libros , chartafque cremaffe ,
Æternumque vale Phœbo dixiffe magiftro ;
Quippe fuos jam jam tulerat Deus alter amores ,
Totaque regnabat puerili pectore Pallas.
Sic patrias juffus leges edifcere Nafo ,
Et celebrare forum judex aliquandò futurus ,
Pofthabuit Themidem mufis , & fæpè folebat ,
Exofus tetricas lites , operamque forenfem ,
Pangendis totas furtim traducere noctes
Verfibus , aufterum ftudio fallente laborem.
Sæpè pater dixit ; blandus te perdet Apollo ,
Nate ; viam fequeris fallit quæ lubrica greffus.
Sæpè pater dixit : fed quid mandata parentis
Prodeffent , Nafo , tibi , quem natura Poëtam
Fecerat , & gremio nafcentem exceperat ipfa
Calliope , rofeis apponens ubera labris.

   Solemnes 1 etiam populorum calleat ufus
Sculptor , & in variis quæ fint difcrimina cultûs
Gentibus : hîc longam , veteri pro more parentum ,
Induitur veftem populus , quam futilis ambit
   1 La fcience du Coftume.

Balteus, & lato subnectit fibula clavo :
Pes nudus, caput abrasum ; sed longa capillos
Absentes reparat prolixo vellere barba.
Illîc aureolos mos est crispare capillos,
Et barbam tondere gravem, circumdare plantis
Vincula, pileolum capiti gestare decorum.
Hîc galeâ miles, cristâque hirsutus equinâ,
Ære caput, rigido defendit acinace corpus ;
Illîc nec galeâ tegitur, nec cingitur ense,
At gravidam ex humeris pharetram suspendit, &
      arcum,
Et jaculo bellum exercet, levibusque sagittis.
Ergò pro variis vestis varianda figuris ;
Signandæque vices ; nec ineptum imitabere factum
Artificis, qui cum Ottomanâ de gente virum quem
Finxisset, curtam longo pro syrmate vestem,
Et petasum dederat pro lineo ferre galero,
Et magnum armato lateri suspenderat ensem,
Ridiculè : nec enim graviùs me judice peccet,
Qui pinnas avibus, vel equinæ cornua fronti,
Aut rigidas Tauro squammas, pennas-ve Leoni
Affingat ; rerum naturam & nomina mutans.
   Sculptoris nunquam præcinget laurea frontem 1,
Nec decus immortale sibi nomenque parabit,

  1 Une grande connoissance de l'Antique.

Aut Sculptis animam infundet vitamque figuris;
Admiranda nisi veterum monumenta virorum,
Quæ nondùm exedit penitùs cariosa vetustas,
Attento recolat studio, patiensque doceri,
Consulat antiquas, *pulchri* exemplaria, formas,
Et memori eximias dotes in mente volutet.
Nimirùm veteres cumulavit prodiga donis
Artifices natura suis, opibusque parentes
Ditavit prudens; ut seri deinde nepotes,
Si quid fortè olim angustis in rebus egerent,
Sortiti nempè ingenium minùs ubere venâ,
Divitias fundo possent haurire paterno;
Nec ramos unquam vitalis succus inertes
Deficeret, fluerent-ve exhausto gurgite rivi;
Cum lætam jugis radicem pasceret humor,
Plenaque de largo manaret copia fonte.
Ergò age, ne pigeat dextræ simulacra peritæ,
Quæ quondam fœcunda tulit Sculptura per orbem,
Solerti curâ, memorique revolvere mente,
Et doctos audire diu noctuque magistros,
Qui muti quamvis, & dudum lumine cassi,
Laudis iter tutum doceant sine voce loquaces,
Et docilem informent etiam post funera mentem.
Hinc adeò nisi fortè tibi maturior ætas
Obstiterit, fractæque effæto in corpore vires;

Ad tempus natale folum, patriamque relinque,
Et terras exquire alio fub fole calentes,
Quæ celebres olim gremio peperere feraci
Artifices, cinerefque facros, atque offa recondunt.
Roma tibi ante alias adeunda. Hîc fcilicet artes
Hofpitio junctæ focia fimul urbe fruuntur;
Hic paffim occurrent aut ære, aut marmore figna,
Æmula naturæ, & docti miracula fcalpri.
Hîc tibi fe Pallas manifefta luce videndam
Offeret; hîc demùm latices accedere puros
Fas erit, & plenis haurire è fontibus artem,
Quos dehinc ipfe tuos transfundas lætus in hortos,
Unde tibi immenfo redeant cum fœnore fructus,
Et tinctum madeat pectus pollentibus undis.
Hoc ftudio imprimis tantum fibi nomen in orbe
Divinus peperit Michael; fic laude coronam
Infignem quondam meruit; fic vertice toto
Artifices fuperat reliquos, primamque recentes
Inter habet fedem, & rutilo diademate cinctus
Sculptorum turbæ dat princeps jura volenti.
Qui dum indefeffo noctefque diefque labore
Incumbit ftudio, & generofo laudis amore
Accenfus, pretiofa virum monumenta priorum
Luftrat, & auguftos interrogat ordine manes,
Quos & Græca tulit, quos & Romana vetuftas;

Sic veterum ad normam felix acceſſit alumnus ,

Ut doctâ ipſe ſuos æquaverit arte magiſtros ,

Atque etiam tulerit , vel Româ judice , palmam.

Nam cum marmoreum quondam finxiſſet Amorem 1,

Et Romæ furtim miſſam , tellure ſub imâ

Quà ſciret rigidis fodienda ligonibus arva ,

Juſſiſſet ſtatuam abſcondi ; defoſſa latebris

Illa ſuis , totamque brevi tranſvecta per urbem,

Et vulgata palam , ignoto reputata parente eſt ;

Digna tuâ , Lyſippe manu , Scalpro-ve Myronis ,

Et doctæ numeranda inter ſpectacula Romæ.

     Membrorum imprimis fabricam callere decebit

Artificem 2 , ut toto ſparſas in corpore venas ,

Nervoſque , gracileſque toros in marmore ponat ,

Atque adeò rigidum marmor ſpirare putetur.

Hinc tantos olim plauſus & munera laudis

---

     1 Il n'y a perſonne qui ne ſçache ce trait de la vie de Mi-
chel-Ange , rapporté par le Vaſari Ce grand homme étant
à Florence fit une Statue de Cupidon qui parut ſi achevée , à
ſes amis , qu'ils lui conſeillerent de l'envoyer furtivement à
Rome , & de la faire cacher ſous terre dans une vigne où
l'on devoit bientôt fouiller. Il le fit , & le Cupidon ayant
été déterré , fut montré à tous les connoiſſeurs , qui en
trouverent l'ouvrage très-beau , & le jugerent antique. Ils
ne revinrent de leur erreur , que lorſque Michel-Ange s'en
fût déclaré ouvertement l'Auteur. Encore n'auroit-il pas été
cru ſur ſa parole , s'il n'eût montré en preuve , un des bras de
la Statuë qu'il avoit caſſé avant de l'envoyer à Rome.

     2 De l'Anatomie.

                             Verſalici

Versalicis meruit Pluto 1 spectandus in hortis.
Nam sic in collo lumbisque & poplite nodi,
Sic tenues toto nervique, torique videntur
Corpore & implicitis venarum sylvula ramis;
Ut teneras carnes, vivum quis cernere corpus
Autumet, ac tumidas inflari sanguine venas.

Ne tibi sic tumidam ventosa superbia mentem
Efferat unquam, opifex 2, ut te nullius egere
Consilio, monitis ve putes, & judice nullo
Præter te utaris, Pavone superbior ipso,
Qui nitidis pictas gemmis dum circinat alas,
Se reliquas inter Regem putat esse volucres
Demens, & tumidum caput ambitiosius effert.
Crede mihi : nusquam in terris ità divite venâ
Mortalem instructum cernes, qui singula fundo
Repperiat proprio : sua quemque affligit egestas,
Pauperies sua quemque premit; ditissimus ille est
Cui desunt tantùm paucissima : provida nempè
Non uni natura parens dedit omnia : nemo
Sufficit ipse sibi : petimusque, damusque vicissim.
Et quicunque suâ contentus luce recusat

1 Un Sculpteur, sur-tout dans les premieres années, doit souvent consulter les Experts & les Maîtres de l'Art. La modestie doit donc passer pour une des plus essentielles qualités du Sculpteur.

2 L'enlévement de Proserpine à Versailles, au milieu de la colonnade. Ce beau groupe est de Girardon.

H

SCULPTURA.

Alterius focium in tenebris fibi fumere lumen
Sæpius offendet merfus caligine cæcâ.
Hæc dicta imprimis tibi crede, novitie Sculptor,
Qui fignatus adhuc primævo flore juventæ,
Jam cœlum tractare manu, jam fingere marmor
Incipis, & docili vultus animare metallo.
Ante alias juvenilis eget monitoribus ætas,
Qui cæcam illuftrent admoto lumine mentem,
Et male tuta regant firmo vestigia greffu.
Hei mihi quàm triftis, quàm te miferanda manet
    fors ;
Si minimè inftructus, quas ætas afferet, alis,
Egreffum tamen è nido, nullo aufpice, tentas ;
Aut finondùm annis edoctus, & arte magiftrâ,
Protinùs aggrederis fine libro, & cortice nare.
Imò prius fictos niveo quàm marmore vultus
Ducere, vel fulvo incipias fimulare metallo :
Exemplar cerâ expreffum, gypfo-ve tenaci
Ne pigeat proferre palam, fœtumque recentem
Ingenii rigidæ cenforum tradere virgæ ;
Ut fi quid fortè imprudens, vel amore paterno
Peccafti, timidus notam refcindere culpam,
Utilis emendet cenfura, & marmore falvo
Cerea plectatur gypfo-ve expreffa figura.
Sic prudens nunquam vates fua carmina prælo

Committat, cedro decoranda, & pumice lævi,
Quin priùs in doctam rigidi demiferit aurem
Judicis, ut mendi fi quid rude carmen habebit,
Dum refilire licet, nec jacta eft alea, cenfor
Emendet, vitioque liber purgatus ab omni,
Jam totam poffit volitare impunè per urbem.
Et fi fortè minùs moveant exempla poëtæ,
Sic tabulas fumpto ære priùfquàm doctus Apelles
Traderet emptori, & penitùs dimitteret à fe,
Judicium ipfe fuum veritus proferre folebat
Luce palam, & quidquid cenforia virga notaret,
Delebat, facilis præftare monentibus aurèm.

Relligio veterum quidquid docet 1, atque Poëtæ
In fcriptis cecinere fuis non ultimus efto
Edidiciffe labor, ne forte ignarus & expers
Affingas Veneri clypeum, talaria Phæbo,
Mercurio thyrfos, imbelli fulmen Amori,
Et curvos Neptuno arcus, & fpicula Mufis,
Unde omnis tollat fpectantum turba cachinnos,
Et bardum artificem pro Scalpro fumere trullam,
Aut cœlum jubeat rigidâ mutare bipenni.

Nunc age quis vivos primus de marmore vultus
Duxerit, antiquâ repetens ab origine dicam 2.

1 Connoiffance de la Fable.
2 Origine fabuleufe de la Sculpture.

Quà fluit exundans effuso flumine Nilus,
Uberibufque agros ftagnantes alluit undis;
Fama refert vixiffe olim par nobile fratrum,
Ambo pares ætate, pares virtutibus ambo;
Qui vanos aulæ ftrepitus, urbifque tumultum
Ut fugerent, primâ vix dum florente juventâ,
Abftrufas foli nemorum petiere latebras;
Atque ibi tranquillam tecto fub paupere vitam
Degebant procul à patriâ, amplexuque fuorum.
Mira fuit præfertim inter concordia fratres,
Nec tanto Nifum Euryalus complexus amore eft,
Nec tantùm fidus Pylades ardebat Oreftem.
Unà carpebant molli fub gramine fomnos,
Unà fecreti fallebant tædia ruris,
Aut toto timidos agitabant æquore damas.
Felices ambo, fi nunquam tela Dianæ
Tractaffent, pharetrafque leves, arcufque fonantes,
Nam cùm forte fimul venatum exiffet uterque,
Et prædam nemorum feceffus inter opacos
Quæreret, unde cibis menfas oneraret inemptis;
Damonem Alcippus (puero nam nomen utrique
Hoc erat) in fylvâ, quà plurimus incubat horror,
Afpicit immotum, & proflantem pectore fomnos:
Quem ratus effe feram, magno molimine telum
Conjicit, & miferi rumpit præcordia fratris.

Sternitur infelix lethali vulnere Damon,
Et multo vitam cum sanguine fundit in auras.
Ille volat, prædamque sibi gratatur opimam;
Nescius heu! quali maculârit sanguine ferrum.
At quantus gelidos horror circumstetit artus,
Cum videt exanimi corpus miserabile fratris,
Liventesque genas, oculosque in morte natantes.
Illacrymat, mœstisque agros ululatibus implet.
Non sic amissâ viduatus compare turtur
Triste gemit, raptosque sibi suspirat amores:
Non sic ad glacialem Hebrum, Tanaïmque nivalem,
Flebilis Eurydicen Orpheus revocabat ademptam.
Te, te, ait, occidi Damon, charissime Damon,
Damon noster amor, Damon mea sola voluptas.
Quin etiam est animus fatalem abrumpere vitam,
Et stygias misero fratri comitem ire sub umbras;
Fata obstant, prohibetque mori Tritonia Pallas;
Quæ purâ extemplò per sylvas luce refulgens,
Desine, ait, steriles oculis effundere fletus,
Et fratri vitam extincto qui reddere possis,
Accipe: nam quamvis nequeant ad limina vitæ
Surgere, quorum oculos pressit vis ferrea lethi;
Si nostris tamen haud monitis parere recusas,
Ille tuus duro raptum quem funere luges,
Æthereas iterùm frater remeabit ad auras.

Tantùm hunc quem viridi revolutum conspicis
    herbâ,
Arripe felicem truncum, multifque rebellem
Cædito vulneribus, dum tandem fumere vultus
Fraternos videas, notamque exurgere formam.
Ipfa tibi, dextram ipfa reget Tritonia Pallas.
Dixit, & in tenues averfa evanuit auras.
Aft ille infixum quanquam fub pectore vulnus
Triftis alit, luctuque amens tabefcit edaci,
Sacra tamen properat mandata facefcere Divæ.
Protinùs abnormem ferro dextrâque potenti
Aggreditur truncum, luxum fine more fluentem,
Comprimit, & multo refcindit vulnere gibbos,
Lignea mordaci tollens velamina Scalpro.
Jam tenues mirâ gracilefcunt arte capilli,
Contrahitur cervix, finuatur fornice dorfum,
Et geminis tandem ftat moles fulta columnis.
Quid moror? humanam fumpfit mutata figuram
Arbor, & eduro fpirat fub robore Damon.
Ipfe fuum Alcippus miratur amatque laborem,
Et verum in ficto fe cernere credit amicum,
Ars adeò latet, & deludit imagine fenfus.
Hinc porrò, fi vera fides, exordia fumpfit
Sculptura, & totum latè diffufa per orbem eft.

F I N I S.

www.ingramcontent.com/pod-product-compliance
Lightning Source LLC
Chambersburg PA
CBHW070747280626
47162CB00017B/2406